Illustration／HITAKI

男ふたりで12ヶ月ごはん

Michiru Fushino
榧野道流

プランタン出版

目次

※本作品の内容はすべてフィクションです。

四月

「遠峯《とおみね》先生！」

すぐ近くで大きな声で呼ばれて、俺はハッと頬杖《ほおづえ》から顔を浮かせた。

診察室付きの若い看護師が、机の前に立って俺の顔を覗《のぞ》き込んでいる。

「な、何や。そんな大声出さんでも聞こえるて」

「聞こえてはらへんかったから、大声出したんですぅー」

語尾をやけに伸ばして不満の意を表され、俺は思わずさほどずれてもいない眼鏡を掛け直す。

「ほんまに？」

「ほんまです。三回くらい呼びましたよ。そこから」

看護師の指は、狭い診察室の入り口をビシッと指さしている。

「ああ……そらゴメン。そんで、何？」

「これで午前の外来終了しました、お疲れ様でしたって。三度目ですけど」

「……あ、そう。お疲れさん。今日は意外と早かったな」

「全然そうでもないです。もうすぐ二時ですよ」

「……あれ、ほんまや」

看護師は、外来診察で使った器具あれこれを片付けながら、呆《あき》れ顔で俺を見た。

「今日は遠峯先生、ちょっと変と違《ちゃ》います？　お仕事はちゃんとしてはりましたけど、合間にちょいちょいボンヤリして。具合でも悪いんですか？」

「そんなことはあらへんけど。夢の途中でスマホのアラームに起こされたせいかもしれへん。寝覚めが悪いっちゅうか、夢を引きずってるっちゅうか」

「ええー、怖い夢ですか？」

「いや。昔の夢。高校時代の、部活の」

自分の机の上を片付けながらそう言うと、看護師は急に興味を示し、使い終わった脱脂綿やガーゼを入れたビニール袋を持ったまま食いついてきた。

「部活！　先生、高校時代、どんな部活してはったんですか？」

「アーチェリー部やけど」

「アーチェリー！　やっぱりええとこの子やわ」

「なんでそうなるねん」

「だってアーチェリーなんて、道具がまず高そうやもん。どうせ私立でしょ」

「まあ、そうやけど」

「やっぱりー。そんで、アーチェリーやってる夢やったんですか？」

「いや、部活の帰り、後輩に相談受けてる夢やった」

なーんだと笑って、看護師はビニール袋の口をギュッと縛る。

「先生、高校生の頃からシュッとしてはったんでしょうし、かしこの子やったんやろし、後輩からよう頼られたでしょ。部長やったん違います？」

俺は、苦笑いで首を横に振る。

「いや、俺は副部長で、下級生を叱《しか》るのが仕事やった。部長を悪者にせんように俺がそういうの引き受けとったから、煙たがられる損な役回りや」

「じゃあ、夢の中で相談受けたって、先生のドリーム？　あ、いえ夢はドリームやけど、そうやなくて、願望？」

「アホか。そんな願望あらへんわ」

俺は笑いながら、愛用のボールペンを白衣の胸ポケットに戻して立ち上がった。

「集団に一人くらいはおるやろ、変わった奴。俺が三年のときに一年で入って来た部員の中に、妙に懐いた奴がひとりだけおったんや。俺が部活を引退した後も、あれこれ相談に来とった」

「へえ。じゃあ、その子の夢。その子っていうかその人、今、何してはるんです？」

「さあ？　卒業以来、会ってへんしな。年賀状のやり取りだけはあるけど、お互い、ろくすっぽ何も書いてへんし。さて、ほんじゃお疲れさん。また明日」

「はい、お疲れ様でした！」

看護師の笑顔に見送られ、俺は診察室を出た。出がけに壁のホルダーから、「遠峯朔《さく》」と俺の名前が印刷されたプレートをひき抜き、裏返して戻す。

N総合病院眼科。そこが俺の職場だ。

今日は珍しく手術が入っていない。これから先、夕方までは、入院患者を回診したり、俺自身の勉強に使ったり、臨床実習中の学生の相手に使ったりできる時間だ。

とりあえずいったん医局に戻ってメールチェックや仕事関係の電話を数本済ませた後、俺は病院すぐ近くの喫茶店に出掛けた。

ランチタイムをしょっちゅう逃すので、終日モーニングと定食が注文できるという、謎のメニュー展開をしているこの店は、とても貴重な存在だ。

しかも、喫茶店のわりにしっかりした手作りの飯を出してくれる。

定番の店名を冠した定食を頼んで、俺は院内用の病院から支給された携帯電話をテーブルの端に置き、プライベート用のスマートフォンの電源を入れた。

「あれ」

料理が来るまでパズルゲームでもしようかと思ったら、メールが来ている。

てっきり、今は遠く北海道《ほっかいどう》に移住した両親からかと思ったが、開いてみると、それは……白石真生《しらいしまなぶ》、そう、ついさっき看護師との話に出てきた、例のアーチェリー部の後輩からだった。

しかも、文面が凄《すご》い。

ご無沙汰しましたもお元気ですかもなしで、いきなり、「今夜行っていいですか、住所は年賀状の奴でいいですか、妻子とかいますか」の疑問トリプルアタックだ。

なんだかさっぱりわからないし、若干不気味だし、普段ならきっぱり断るところだ。

でも、思い出話をしたばかりなので、ちょっと会ってみたい気がした。

つまり、魔が差した。

とはいえ、後輩を諸手《もろて》を挙げて歓迎するというのも、なんだかちょっとしまらない。

俺は一応、アーチェリー部では「鬼の副部長」と呼ばれていたのだから。

そこで少し考えて、「ＯＫ、ＹＥＳ、ＮＯ」という、最低限のぶっきらぼうな返事だけ打ち込んで送信してみた。

そうしたら、あっちもあっちで「了解」という一言だけの返事が来た。

思い出した、そういう奴だ。

愛想が悪いわけではなく、むしろ人懐っこいほうだけれど、とにかく言葉が足りない。

いや、喋《しゃべ》るのはけっこう喋るんだが、複雑、あるいは繊細な表現というものを知らない奴だった。

白石と話していると、世の中のすべてが単純化される……そんな印象がふと甦《よみがえ》り、俺は苦笑いしてスマートフォンを置いた。

ちょうど、定食を載せたトレイが、俺の前にどんと置かれる。

大盛りの飯と味噌《みそ》汁と白菜の漬け物、それにハンバーグと海老フライをメインに、ケチャップスパゲティとペラリとしたハムとポテトサラダ、千切りキャベツなどをごっちゃり盛りつけた白い皿が並んでいる。

忙しいときはこんなに食えないが、今日はあとはゆるゆるしたスケジュールなので、のんびり食事を楽しめる。

そういえば、白石の奴、夜とだけ言って、何時に来るかさえ伝えてこなかった。

まあ、いいか。

そのあたりは、臨機応変にやればいいのだ。

働いて寝るだけの単調な日々を送っていると、昔の知り合いに会うなどというシンプルなことでさえ、ささやかな娯楽になる。

あいつはいったい、どんな大人になったんだろう。

想像するだけでちょっとワクワクする気持ちにすらなって、俺はひとりにやつきながら、甘いデミグラスソースがたっぷりかかったハンバーグにざくりと箸を入れた。

俺の家は、兵庫県《ひょうごけん》芦屋《あしや》市《し》宮塚町《みやづかちょう》にある。芦屋市は北から南に芦屋川が流れ、電車の線路がその芦屋川と交わるように三本走っている。

北から（地元の人間は、北のことを山側と呼ぶ）阪急《はんきゅう》電鉄、ＪＲ、阪神《はんしん》電車の三本だが、俺の自宅は、ＪＲと阪神の駅から同じくらいの距離だ。

つまり、どちらの「芦屋駅」からも中途半端に遠い。

だが、職場ではわりに運動不足だから、駅から十五分歩くくらいは何でもない。むしろいい運動だ。

今日は仕事が暇だったし、せっかく久しぶりに後輩が訪ねてくるのだ。少なくとも、茶の一杯くらいは出さなくてはならないだろう。多少、家の中を片付けたほうがいいかもしれない。

そう思って、帰り道、近所のお気に入りのケーキ屋「パティスリープラン」に立ち寄ってみた。

人気店だから、フルーツを使った美しいケーキが残っていることは期待していなかったが、あるかもしれないと思っていたシュークリームすら尽きて、店員たちはもう片付けを始めていた。

やむなく、残っていた焼き菓子の少ない選択肢から、小さいが分厚いガレットを茶菓子用に買った。

本当は、焼き菓子なら「エリソン」という栗《くり》と胡桃《くるみ》が入ったハリネズミ形のサブレが俺の好物なのだが、売り切れだった。

まあ、野郎相手にそんなファンシーな茶菓子を出すのも何だから、シンプルで旨《うま》いガレットで正解、のはずだ。

だが、ないとなると欲求がこみ上げるもので、「ガトー・ブラン」という季節のフルーツをたっぷり挟んだ、ふんわり軽いショートケーキが食べたくてウズウズする。

そうは見えないと言われるが、俺はけっこう甘党なのだ。

口の中で泡雪のようにとけて消える儚《はかな》い生クリームや、しっとりきめ細やかで、それでいてフルーツに負けない豊かな卵の味がするスポンジのことを考えると、昼飯を済ませて五時間も経っていないのに、妙な飢餓感を覚えた。

次の休みには、きっと買いに行こう。

ショートケーキのことを一心に考えていたら、いつの間にか自宅近くまで来ていた。

俺が子供の頃に起こった阪神淡路《あわじ》大震災で、この辺りはかなり大きなダメージを受けたらしい。

当時、大阪《おおさか》在住だった我が家は大した被害を受けず、ただ両親が、芦屋在住だった母方の祖父母の安否を気遣い、あちこちに電話をかけたり、テレビの報道に釘付けになっていたりしていた姿を覚えている。

家にいた祖母は、自宅が半壊したものの無事で、隣の西宮市《にしのみや》に住んでいた叔母の家に身を寄せた。だが、夜勤で神戸《こうべ》市内の工場にいた祖父は、火災に巻き込まれて命を落とした。

俺が今住んでいるのは、その祖母の家だ。

叔母夫婦は、ひとりになった祖母を引き取ろうとしたが、彼女はそれを断り、家を修繕して、三年前に死ぬまでそこで暮らした。

祖母が心筋梗塞であっけなくこの世を去ってから、子供たち……つまり俺の父や叔父叔母が相談して、この家を処分し、それで得た金を分配することになった。

そこで突然出しゃばったのが、俺だ。

我ながら不思議な即断だったが、その話を父から聞くなり、俺は「じゃあ俺が買う」と反射的に言っていた。

古い家なんか買ってどうする、メンテナンスが大変だぞやめておけ……というのが父の忠告だったが、構わずどんどん話を進めて、本当に祖母の家を俺が買い取ってしまった。

値段はまあ、親戚大サービス価格だ。

さすがに甥《おい》っ子あるいは息子から思いきりふんだくるというわけにはいかなかったのだろう。そういう意味では、申し訳ない気もする。

祖母の家を買った理由はただ一つ、単純に、俺は祖母の家が好きなのだ。

建て替えたほうが簡単なのにとみんなに言われながらも、祖母が元の家に住み続けた理由がよくわかる。

家に、なんとも言えない個性があるのだ。

まるで家自体が意志を持って生きているかのような古い家特有の味わいを、俺は失いたくなかった。

それは単なるノスタルジーだったのだろうが、ちょうどそのとき、職場にほどよく近い物件を探していたので、タイミングもよかった。

そんなわけで、俺もまた祖母と同じように「物好き」呼ばわりされながら、古い家にひとりで住んでいる。

震災後に整備された広い歩道を歩きながら自宅近くまで戻ってきた俺は、家のあるやや細い路地に足を踏み入れた瞬間、ギョッとして立ち止まった。

路地の突き当たりにある我が家のガレージに、何かある。

誰かがゴミでも捨てていったのだろうか。

まさかそんな。

俺は眼鏡を掛け直し、夕闇の中、目をこらしつつ、慎重に我が家に接近した。

やがて、それが大きな、しかも荷物でパンパンのオレンジ色のバックパックであり、その向こうに見えるのは人間の頭であると気付いて、俺は思わず大声を上げていた。

「もしかして、白石?」

当たりだったらしい。

コンクリートの上に座り込んでいた「誰か」は、弾《はじ》かれたように立ち上がり、近づいてくる俺を認めて、ぶんぶんと手を振った。

「わー、先輩！」

当たりだったようだ。

俺の歩みは、自然と速くなる。

「ども」

直接会ったところで、やっぱり、お久しぶりですもご無沙汰しておりますもなかった。

まるで昨日別れたかのように、白石はジーンズの尻を後ろ手で叩《はた》きながら、開けっぴろげな笑顔を向けてきた。

俺の卒業式で別れて以来、もう十三年も会っていないというのに。

「変わらんな、お前」

俺のほうも、うっかり挨拶を忘れてそう口走ってしまった。

目の前の白石は、驚くほど変わっていなかった。

いや、無論、外見は少し変わった。

主に、髪型が。

顔や体型は、ほとんど変わっていない気がする。

澄ましていたらそこそこ整った造作なのに、笑うとクシャッとなる顔。

そんなに背が高くないのに、頭が小さく手足が長いので、実際より長身に見えるやや痩《や》せ型の身体。

そんな身体を包むのは、昔はブレザーの制服だったが、今はロングスリーブのTシャツと黒いジーンズだ。

「へへ。来ちゃいました」

そう言ってぺこっと一礼した白石は、顔を上げるなり俺を見てこう言った。

「腹が減りました、先輩」

どうやら、茶菓子では話にならないようだ。

まあ、久しぶりに会った後輩に、飯を奢《おご》るくらい何でもない。

とりあえず奴の荷物を玄関に放り込み、俺たちはそのまま飯を食いに行くことになった。

相変わらず遠慮の欠片《かけら》もない白石は、無邪気に「肉が食いたいです！」と言うので、俺は思案の末、そこそこ近くて肉が食える「焼肉　あづま」に奴を連れていった。

実は、一度も入ったことがない店だ。

祖母は肉好きではなかったし、ここに越してきてからも、ひとり焼肉は気が進まなかったので、気になりつつも訪問する機会がこれまでなかったのだ。

ゆったりした店内は、なかなかの客入りだった。どうやら、人気の店らしい。

窓際のテーブルに案内された俺たちは、ひとまず適当に注文を済ませ、生ビールで乾杯した。

驚いたことに、この店にはレーベンブロイの生があった。さすが芦屋というべきか。

それからやっと、俺は白石に「それで今、お前は何をやっとるんや？」とまともな質問を投げかけることができた。

ここに来る道すがら、ずっと白石から俺の現状について質問攻めに遭っていたので、奴のことを訊《き》く余裕がまったくなかったのだ。

白石は、飲み物と同時にやってきたキムチ盛り合わせとナムル盛り合わせを取り皿にたっぷり取ってもりもり平らげながら、こともなげに答えた。

「小説書いてます」

「……あ？」

「だから、小説家？」

「なんで疑問形やねん」

「いや、なんか小説家って自称すんの恥ずかしくて、いつもはもの書きって言ってるんですよ」

「どっちも同じやろ」

「まあ、そうなんですけど。とにかく小説を書いて、どうにかこうにかやってます」

「……お前、ほんまに白石か？　白石真生か？　ようできたなりすましか、生き別れの双子の何かとか違うんか」

「双子の何かって何ですか」

白石は思いきり噴き出して、「正真正銘、僕です」と断言した。俺は、ますます疑惑を深める。

確かに顔も声も俺の知っている白石だが……しかし。

「そうは言うけど、お前、高校時代は悲惨なボキャブラリーやったぞ。それが小説家て、無理やろ。それに今、関西《かんさい》弁を全然喋らんし」

俺がそう言うと、白石は再び、今度は小さく噴き出した。

「それは……」

だが、奴が何か言おうとしたとき、テーブルに、上ネギタンの皿が置かれた。

薄くスライスされた大きなタンが花のように並べられ、中央に白髪葱《しらがねぎ》がこんもり盛りつけられている。

続いて、ごま塩カルビ、ハラミ、そして何故か白石が大喜びで注文したウインナーと野菜盛り合わせ、白飯が運ばれてきて、テーブルの上はいきなり賑《にぎ》やかになった。

「何《なん》しか、俺が焼くからお前は喋れや」

俺は、トングでタンから網に置き始めた。薄切りのタンはすぐに焼けてしまうので、すかさず皿に取り、白髪葱をたっぷり巻いて、レモン汁をつけて食べる。

喋れと言ってはみたが、これではまず食べるしかない。

それなりに腹も減っていたので、二人とも焼いては食い、焼いては食いで、六枚あったタンを三枚ずつ、ペロリと食べてしまった。猛烈に旨い。

葱とタンの組み合わせを考えた先人に、盛大な拍手を贈りたい。

「先輩は、飯は食わないんですか？　もしかして、糖質制限的な？」

白石は、丼飯を片手に、不思議そうに言った。

「いや、昼が遅うて、しかもがっつりやったからな。飯はやめとくわ」

「へー。あ、そんで、僕、大学が東京《とうきょう》だったんですよ。そっからずっとあっちで」

今度は、俺が網にごま塩カルビを並べながら、「へー」と言う番だった。

ちなみにごま塩カルビは、少し小さめに切ったカルビに文字どおり白ごまと塩をまぶしつけたものだ。風変わりだったのでつい頼んでしまったが、わりと捻《ひね》らないものが来た。でも、旨そうだ。

白石は、網の上で焼けていく肉を嬉しそうに眺めながら、話を続ける。

「そうすると、なんかこっち帰ってきたとき、関西弁がおかしくなって、みんなに『やらしい』って嫌がられるんですよね」

「確かに、胡散臭《うさんくさ》い関西弁喋られると、イラッと来るしな」

「でしょー。東京も、今はわりと方言に優しいですけど、以前は関西弁って怖いだのガラ悪いだの言われたんで、だったらもう標準語でいいや！って」

「なるほど……。お前も苦労したんやな」

「苦労ってほどじゃないですけどね。ボキャブラリーは未だに多くはないんですけど、こう、小説を書くときは、普段と使う言葉が違うっていうか、口にしない言葉も使えるっていうか、まあ、そんな感じで」

「そういうもんか？　そもそも、なんで小説家になったんや？」

「なんでって、やっぱし好きだから？　そもそも読むのが好きだったんですよ。で、書くほうも、高校時代から少しずつ」

「そうなんか？　そんなこと、全然知らんかったぞ」

「誰にも言ってなかったですからねえ。似合わないって言われそうだし」

「そやけど、書いたから言うて小説家になれるわけと違うやろ。……あ、焼けたから食え」

「すんません。あの、僕が焼いたほうがいいですかね？」

焼けた肉を皿に放り込んでやると、白石はそれを見てから、片手を出した。

「……なんで？」

「あんまり、肉焼いたりしないのかなって思って」

確かに、あまり、というかほとんど料理はしないので、トングを操る手が不器用なのは認める。しかし……。

「確かにな。っちゅうより、こういうことは、言われんでも後輩がせえ」

「そうでした！」

手渡したトングを驚くほど器用に使って、白石は素早く肉を引っ繰り返し、俺の皿にもほどよく焼けた肉を入れてくれる。

やけに手際がいい。アーチェリー部に入った頃は、むしろ他の一年生よりずっと鈍くさかったはずなのだが。

「料理、好きなんですよ。大学で下宿始めてから、食費を節約するのに始めたら、けっこう好きになってしまって。それもあって、ネットでレシピと料理の写真と、それにまつわる短い小説をつけて毎日アップしてたら、出版社の人にスカウトしてもらって……そんで、デビューしました」

「……へええ」

胡麻《ごま》が香ばしくて、やたら健康的な味がするカルビを噛《か》みしめ、ビールを飲んで、俺は白石の顔をつくづくと見た。

すっかりストレージの奥底に潜っていた記憶が、少しずつ浮かび上がってくる。

そうだ、そういえば白石の顎には、目立たないが縫合の傷痕があった。

幼い頃、転んで顎から着地したせいだと言っていたのを思い出す。

アーチェリーで弓を引くとき、その傷痕に弦を当てるとちょうどいい具合だと教えたのは、俺だった。

そして目の前の自称白石の顎にも、やっぱりその傷痕があった。

間違いない。こいつは純正の白石真生だ。

しかし……なるほど、作家か。

今どきのバンドメンバーのような両目が隠れそうな長い前髪や、シャギーを入れ過ぎたマッシュルームカットのような奇妙な髪型も、人の家を訪ねるにはカジュアルすぎる服装も、まあ、作家ならそれなりに納得できる。

物思いにふける俺をよそに、白石は嬉々として丸い網のぐるりにウインナーを並べながら言った。

「それで、僕……あの」

「あ？」

急に口ごもった白石に、俺は店員に手振りで生ビールのお代わりを頼んでから向き直った。

すると、急にトングを置いて姿勢を正した白石は、唐突にこう切り出した。

「しばらく、先輩んちに置いてもらおうと思って！」

「……は？」

キョトンとする俺に構わず、白石はつんのめるような早口で言った。

「なんか、突然、人生初のスランプなんです！　担当編集さんに、どうにかこうにか一ヶ月待ってもらって、いっぺん気分転換しておいでって言われたんで！　来ました！」

「いや、待て待て待て」

俺は店員が持ってきてくれたビールをいったん脇に押しやり、両手を上下に動かして白石を落ちつかせようとした。

「ちょっと話がわからん。スランプっちゅうんは、つまり、小説のアイデアが浮かばんようになった……」

「そうです！　何かもう、仕事が忙しくてインプットが足りないのに、アウトプットだけがずーっと続いちゃって、色々枯渇しちゃったんですよね。だから、来ました！」

「いや、その『だから来ました！』の『だから』がわからん」

「はい？」

何故、理解できないのかわからないと言いたげに、白石はビクターの犬よろしく首を傾げる。そのアクションは、本来俺がするべきものだ。しないが。

「はい？　やない。気分転換なら、それこそ東京でできるやろが。あっちのほうが、よっぽど何でもある。わざわざここまで来る必要はあれへんやろ」

しかし白石は、真剣な顔で言い返してきた。

「僕、インドア派なんで、あんまり出歩くの好きじゃないんです。同業者の友達もいないし。それに……住んでたアパートの大家さんが亡くなって、跡を継いだ息子に、アパートを潰してマンションを建てるから出て行ってくれって言われて」

そこで俺は、あの馬鹿でかいバックパックのことを思い出した。

「あの大荷物は、俺を訪問した後、山にでも登るのかと思っていたが、もしや、あれは。てっきり、もしかして家財道具一式か」

白石はニコッとして頷《うなず》く。

「そうです。僕、あんまし物持ってないんで」

「ミニマリストとかいう奴か」

「そこまでじゃないですよ。まあ、そんなわけなんで、先輩んちに置いてもらって、気分転換しながら、どうにかアイデアを捻りだして原稿書きたいなって」

「いや……お前、そらちょっと唐突過ぎへんか」

「唐突じゃないですよ。僕、東京を出る前に訊いたじゃないですか、メールで」

猛烈に頭が痛くなってきた。

あのメールの文面……「今夜行っていいですか、住所は年賀状の奴でいいですか、妻子とかいますか」が、「しばらく置いてください」の意だとすぐ理解できなかったのは、俺に問題があるとでもいうのだろうか。

ウインナーを丁寧に引っ繰り返す白石の手元を見ながら、俺はゲッソリして口を開いた。

「あれで察しろっちゅうほうが無理やと思うけどな」

それを聞いて、奴は初めて不安げな顔になった。

「もしかして、めっちゃ迷惑でしたか？　無理ですか？」

そう問われて、はたと言葉に詰まる。

ひとり暮らしで、昼間は仕事に行っているから、誰かが家にいても特に困らない。せめて掃除でもしてくれるなら、むしろ助かる。

無理でもなければ、迷惑でもない。

嫌いな奴なら願い下げだが、かつて、ただひとり俺に懐いた後輩だと思えば、許せないこともない。

気分転換にしばらくいるくらいなら、ただで置いてやるのも、俺自身にとっての気分転換になるかもしれない。

だが、あと一つ、疑問がある。特大の奴だ。なので、それをぶつけてみることにした。

「そもそもお前、なんで俺んとこに来たんや。実家は？　大阪違うんか？」

「そうですけど、親は、僕が作家になることに大反対だったんです。スランプで帰ったりしたら、それみたことかって言われます。無理です」

「あー……。けど、なんで俺んとこなんや？　俺の卒業式以来、会うどころか、電話一本なかったやないか」

「それは……すいません。けど、先輩が！」

「俺が、何や？」

追及すると、白石は背筋を伸ばし、俺を真《ま》っ直《す》ぐ見て言った。

「卒業式で、先輩が僕に言ってくれたんですよ。『何ぞあったら、いつでも言うて来い』って」

あ。

鮮やかに、記憶がフラッシュバックした。

一年坊主の白石が、「先輩が卒業したら、心細いです」と半泣きで言うので、つい、こっちも卒業で気持ちが高揚していたものだから、そんな先輩風をびゅーっと気持ち良く吹かせてしまったのだ。

それを十三年、こいつはいざというときのためにずっと覚えていたというわけか。

何という余計な記憶力。

そして、過去の俺の何という迂闊《うかつ》な発言。

「言うた、な」

「言いました。なので僕、言って、来ました」

「そやな」

もはやそれしか言葉がない。

「じゃあ、いてもいいですか？　僕、小説さえ書かせてくれたら、何でもしますよ。留守番とか」

「ただ家におったら、それで留守番やないか」

「バレたか。じゃあ、その他の条件は、家賃ともども応相談で！」

そうだった。こういう奴だった。

他の上級生にはモジモジ尻込みするくせに、俺にはやけに人懐っこくて、犬みたいに懐に飛び込んでくる奴だった。

仕方ない。まあ、もとは俺が蒔《ま》いた種だ。

俺はワクワクした様子で返事を待っている白石を渋い顔で睨《にら》んでから、ゆっくりとジョッキを持ち上げた。

「寝る場所は自分で作れや」

「……やった！」

パッと顔を輝かせて、白石はほんの一口ビールが残っているだけのジョッキを元気よくぶつけてくる。

そんな風にして、桜が散った頃、俺の家にもうひとり住人が増えたのだった。

五月

断捨離《だんしゃり》って言葉、あんまり好きじゃない。

物との繋《つな》がりを断って、捨てて、自分から離す。

それって、一度は好きで自分のものにしたアイテムに、あんまり薄情じゃないか。

だからこそ僕は、ものを買うとき滅茶苦茶《めちゃくちゃ》悩む。

日数をかけて何度も考えて、どうしてもどうしてもほしいものだけを買う。

長考している間に売り切れるものもあって、時には残念な思いをするけれど、それはそもそも、僕とご縁がなかったと思うことにしている。

あまりものを買わない代わりに、いったん自分の所有物にしたら、とことん大事にして、長く付き合う。

実家を出てひとり暮らしを始めてからずっと、僕はそんな風に暮らしてきた。

でも、僕は今、捨てて捨てて捨てまくるという人生初の経験をしていて、闇雲に捨てなければいけない時期も、やっぱりあるんだなあ……と実感している。

ただし、僕の持ち物の話じゃない。

先月から住まわせてもらっている、この家の主、遠峯朔先輩の持ち物の話だ。

最初、年賀状に書かれた住所を頼りにここに来たとき、目の前にあるのが庭つきの一軒家なことに、僕はけっこうビックリした。

東京では一軒家を持つのは大変なことだけど、地方なら……いや、それでもあの「芦屋」なので大変だろうと思ったら、先輩は眼科のお医者さんになっていた。

そういえば卒業するとき、どこかの大学の医学部へ行くと言っていた気もする。

そんなことはすっかり忘れていた。

お医者さんなら、三十代前半でも、一戸建てを買うくらいのことはできるのかもしれない。

でも、ただ物件を買ったわけじゃなく、亡くなったお祖母さんの家が壊されるのが嫌で引き継いだと聞いて、やっぱり先輩らしいと思った。

先輩には、そういう優しいところがある。

高校時代、アーチェリー部で、先輩は鬼の副部長と呼ばれていたけれど、僕は、鬼だと思ったことは一度もない。

確かに部活のときは厳しかったけれど、アーチェリーでも勉強でも、ちゃんと話を聞いてくれたし、やけに冴《さ》えたアドバイスもくれた。

だから僕としては、今度も先輩が、凄くいいアドバイスを……全然畑違いでも、小説を書く上で、スランプを脱却するためのアイデアをくれるんじゃないか、そんな欲張った気持ちもあって、ここに来たのだ。

さすがにそれはなかったけれど、意外なほどスムーズに、先輩は「どうせ俺は昼間おらんから」と逗留《とうりゅう》を許してくれた。

家賃も「まったく貰《もら》わんと、むしろお前が肩身の狭い思いをするやろ」と、滅茶苦茶リーズナブルな値段を提示してくれた。「出世払いでもかまへんぞ」とも言ってくれた。

そんなわけで、僕はありがたく先輩の家に住まわせてもらって、何となく気分転換ライフを送りつつ、少しずつ作家としての作業環境を整えつつある。

勿論《もちろん》、先輩が病院で仕事をしている間、それなりに家事もしている。

大学に入ってからずっとひとり暮らしだから、家事はそれなりにできる。

というか、むしろ先輩も同じような境遇のはずなのに、なんだかこう……。

ところで、何の話をしていたんだっけ。

そうだ、物を捨てる話だ。

先輩の家に来た日、焼肉を食べながら、先輩は「寝る場所は自分で作れや」と言った。

僕はてっきり先輩の照れ隠しだと思った。

一軒家にひとり暮らしなら、絶対に部屋は余っているはずだからだ。

けれど、家に入った瞬間、そうとは限らないと悟った。

何故なら、わけがわからないほど物がある。

まず、玄関に靴が多すぎる。頑張って跨《また》がないと、家に上がれない。

驚く僕に、「靴箱に祖母の靴がまだ詰まっとるから、俺のが入らんのや」と先輩は決まり悪そうに言い訳した。

でも、多いのは靴だけじゃなかった。

玄関から延びる廊下のあちこちに、大きな紙袋が点々と置かれている。

紙袋にプリントされているのは、あまりファッションに興味のない僕でも知っているような、有名なアパレルブランドの名前ばかりだ。

啞然《あぜん》とする僕に、先輩はこう言った。

「仕事でストレスが溜《た》まると、服を買うんや」

「……はあ」

啞然としたまま相づちを打つ僕に、先輩はむしろ冷静に説明してくれた。

「で、買ったところで満足して、家に持ち帰る頃には疲れてゲンナリして、寝室に持ち込んでハンガーにかける気力が残ってへん」

「なるほど。……いくつか開けた形跡がありますね」

「そう言うたら何や買うたなと思って、開けてみるやろ」

「はい」

「上にあった奴引っ張り出して着るやろ」

「そりゃ、せっかく買ったんですしね」

「で、満足して残りを忘れる。その繰り返しの歴史がこれや」

「なんか綺麗《きれい》にまとめましたけど、早い話が買いっ放しの置きっ放しですね？」

「そやな」

先輩はキリッと眼鏡を掛け直し、「お前がもっと早く予告してきとったら、もう少しくらいは片付けるつもりやったんやで？」と言ったけれど、たぶんその「片付ける」は、どこかの部屋にぎゅうぎゅうと荷物を詰め込む作業のことだろう。

実際、その日のうちに判明したことは、まともに空き部屋と呼べる部屋は、この家には存在しないということだった。

ＤＮＡのなせるわざというか何というか、先輩の亡くなったお祖母さんも、わりと物を溜め込むタイプだったらしい。

死後、価値のあるものは形見分けとして持ち去られたものの、大半の荷物はそのままで、そこに先輩が自分の荷物を持ち込んだせいで、家じゅうに物が溢《あふ》れかえっていたのだ。

初日の夜、僕はリビングに持参の寝袋を広げて寝た。

他に横になれそうなスペースが見つからなかったし、先輩が遠い目をして、「家のどこかに、客人用の布団があるような気がする」と言っていたけれど、探す気力がさすがになかったのだ。

そして翌日から、僕は少しずつ家の中を片付け始めた。

最初は、廊下の服を先輩のクローゼットに収納することから取りかかった。

次に、二階の物置になっていた一室を僕の部屋にする作業へ進んだ頃、僕は思いきって先輩に訊《たず》ねてみた。

捨ててもいいものはありますか、と。

何しろ物が多すぎて、収納スペースが絶対的に不足しているのだ。

解決法は、物の総量を減らすしかない。

すると先輩は、ケロリとした顔で「祖母の持ち物やったら、家具以外別に構わんで」と言った。

僕は、ガクッとなってしまった。

それまで、先輩はきっとお祖母さんが大好きで、持ち物を捨てられずにいるんだと思っていたからだ。

でも、そうではなく、単純にどこから手をつけていいかわからなくて、放置してあっただけらしい。

ならば、処分するしかない。いつまで置いていても、お祖母さんの持ち物を先輩が使うことはなさそうだ。

同時に先輩の持ち物も、要らなそうなものを一カ所にまとめて、そこから必要なものを選んでもらう方式で片付けることにした。

方針が定まれば、あとはやるだけだ。

お祖母さんのものは、金目のものはないと聞いていたけれど、洋服や和服なんかはまだまだ着られそうな綺麗なものが多かったから、先輩の意向を汲《く》んで、チャリティ団体にまとめて寄付した。

家具は家の内臓みたいなものだから置いておくと先輩は言ったけれど、さすがに和《わ》箪笥《だんす》や鏡台はもう要らないということで、家具屋さんに売ったらささやかなお金になった。

あとは、ひたすら一部屋ずつ、物を減らしていく作業だ。

毎日、先輩が仕事に行っているあいだ、何時間か無心に片付けをして、一ヶ月余り。

たとえ他人の持ち物でも、処分しまくると妙な爽快《そうかい》感と達成感を得られるものだ。

家の中はずいぶんスッキリしたし、僕の心もなんだかさっぱりした。

東京の古くて狭いアパートの一室に閉じこもって、来る日も来る日もマンガとネット動画をお供に原稿三昧の日々を送っていた僕に欠けていたのは、もしかしたら、頭を空っぽにして身体を動かすことだったのかもしれない。

ここに来たばかりの頃、強がりで朗《ほが》らかなふりをしていたけれど、本当はグツグツ煮詰まっていたメンタルは、いつの間にかすっかり穏やかになっていた。

それと同時に、何かを書きたい気持ちも、少しずつ戻ってきた。

まだ長編小説の形にはなりそうにないけれど、短い物語の断片のようなものを、少しずつノートパソコンに打ち込めるようになった。

東京を出たときは、いちばんの財産であり、仕事の相棒でもあるノートパソコンを捨ててしまおうかと思っていたけれど、今は持って来てよかったと思う。

電源とＷｉ－Ｆｉとノートパソコンさえあれば、小説は書ける。

メールも送れるし、ネットで調べ物もできる。買い物もできる。

そういう意味では、東京にいなくても別によかったんだな、と今さらながらに実感している。

僕は、もともと極度にインドア派なので、あまり家から出ない。

少なくとも東京にいた頃は、必要に迫られない限り、極力家に籠もっていたいほうだった。

でも、こっちに来てから、家の周りを散歩するのが好きになったし、昼間に買い物に出るのも、そんなに嫌ではなくなった。

何がそんなに違うかというと、何よりも人間の数だ。

東京に比べると、圧倒的に人口密度が低い。そして、空間にゆとりがある。

こっちに住んでいた頃はちっともそんなことは感じなかったけれど、一度都会暮らしを経験すると、地方の街のよさが物凄くわかる。

改めて、芦屋、なかなかいいところだ。

ぐうう。

ぼんやりとそんなことを考えながら手を動かしていたら、腹が鳴った。

壁の時計を見たら、午後一時を過ぎている。

ダイニングテーブルでノートパソコンを立ち上げたのは、午前十一時過ぎだったと思う。頭の中におぼろげに浮かんだ話をこねくり回しているうちに、二時間も経ってしまっていた。

「何か作るか」

僕は立ち上がって、台所に行った。

先輩は自炊をほとんどしなかったようで、僕が来たとき、冷蔵庫は飲み物とアイスクリームの保存場所だった。

他に入っていたのは、調味料……それも、コンビニ惣菜についていて、使わなかった小さなパックの醤油《しょうゆ》やマヨネーズやソースの賞味期限切れのものばかりだ。

僕が来るまで、先輩の食生活は、外食とコンビニとパン屋さんに支えられていたらしい。

さすがにそれは身体にあまりよくなさそうだし、家賃を大幅にまけてもらっていることだし、僕は料理番を買って出た。

週に何度か地元のスーパーに買い物に行って、食材を買い込んでくる。食費は、先輩と僕でざっくり折半だ。

僕は冷蔵庫を開けて、ラップフィルムをかけた皿を取り出した。

皿の上にあるのは、昨夜の豚の生姜《しょうが》焼きの残りだ。

そこそこ美味《おい》しく出来たと思うけれど、冷蔵庫に半日入れたせいで、脂身部分は真っ白になり、肉自体もカチカチに固まってしまっている。

しかも余ったのはたったの一枚なので、これだけでは物足りない。

軽くアレンジして量を増やそう。

昨夜炊いたご飯は余らなかったので、こんなときに重宝な「サトウのごはん」のフィルムの端っこだけを指示どおりにめくり、電子レンジに入れる。

必要な加熱時間はきっかり二分だ。

その間に、フライパンを火にかけ、ちょっと多めに油を引く。

袋詰めのもやしを一摑みだけ拝借して、ざっと洗ってフライパンの端に置き、それからエリンギの下半分をちょんと切って、薄切りにして、これまたフライパンに放り込む。

それから、貴重な生姜焼き一枚も一口大に切って、皿に溜まっていた汁と共にフライパンの空き場所に投入し、ざっと炒《いた》め合わせる。面倒だから、ずっと強火だ。

その頃にご飯が出来上がるので、電子レンジから出して、フィルムを剝《は》いでおく。

一方で器に卵を二個割り入れ、砂糖小さじ一杯、醤油小さじ一杯を入れて、溶きほぐしつつよく混ぜ、炒まった具の上から流し込む。

ぐるっと大きく混ぜてしばらく置いて、それからまたぐるっと混ぜて。

それを何度か繰り返して、卵がふわっと盛り上がり、少し半熟部分が残った頃合いで、パックのままのご飯の上に滑らせる。

洗い物を極力減らし、残り物を活用した簡単丼だ。

箸ではなく、スプーンでざくざく掬《すく》って頬張る。けっこう旨い。

ふわりとしたほんのり甘辛味の卵と、温めて柔らかさを取り戻し、生姜風味をまとった豚肉、それにエリンギともやしのシャキッとした歯ごたえ。

おまけに、卵の半熟部分が下のご飯に滲《し》みて、ちょっと卵かけご飯風になるのもいい。

ワシワシと飯をかき込んであっと言う間に平らげ、もう少し食べたいかも……と思っていたら、ノートパソコンの横に置いてあったスマートフォンが、賑やかな着信音を鳴らし始めた。

僕は空っぽになったサトウのごはんの容器越しに手を伸ばし、スマートフォンを取った。

先輩からの電話だ。

「もしもし？」

通話ボタンを押すと、先輩はいつものかっこいい声でいきなり言った。

『今、駅前でバルをやってるんや。知っとったか？』

「バル？」

『スペイン語のバル、知らんか？』

「いえ、知ってますけど……先輩がバルを、ですか？　病院に仕事に行ったんじゃなかったんですか？」

『アホか、俺は病院や。芦屋バルっちゅうイベントが、年に一度あんねん。それが今日なんや。芦屋の色んな店が参加して、バルメニューを提供するっちゅうイベントなんやけど、お前、暇やったらちょっと出て来おへんか？』

何故あと十五分早く電話してくれなかったんだ……！

そう言いたくなったけれど、よく考えたら、もう少し食べたいと思っていたところなのだった。

しかも、バルメニューなら、さほど腹に溜まるものはないんじゃないだろうか。

だったら、まだあまり詳しくない芦屋の店を先輩に連れ歩いてもらうのも楽しそうだ。

「行きます！　どこ行けばいいですか？」

『お、ええ返事やな。俺はもうすぐ職場を出るから、JR芦屋駅前に三十分後っちゅうことで』

そう言って、先輩は電話を切った。

準備をして、腹ごなしにのんびり歩いていけば、ちょうどいいコンディションになれそうだ。

席を立つ前に、少し予備知識を入れていこうと、僕はノートパソコンを引き寄せた。

検索してみると、ちゃんと公式ページがある。

しかもバルという言葉からてっきり「軽食と飲み物」を想像していたのに、それだけではないようだ。

「凄いな。ケーキに、パンに、和菓子に煎餅、パフェを出す店もあるんだ。マッサージに整体に、ネイルに睫毛《まつげ》ケア、ヘアカットも？　歯のホワイトニングまで……？」

いったいバルとは……という根源的な疑問が頭を駆け巡るが、こういうごちゃ混ぜ感は大好きなので、定義なんかどうでもいい。

飲み食いに主軸を置きつつ、色んなことを楽しみながら地域を巡るイベントなんだろう。

店の場所も、街のあちこちに散っているようで、巡回バスが出ているらしい。けっこう大がかりだ。

「へえ、面白そう。先輩、どんな店を回りたいんだろうな」

ワクワクした気持ちで、僕はパソコンの電源を落とし、立ち上がった。

「お前、昼飯食うたか？」

駅の改札を出てきたスーツ姿の先輩は、開口一番、そう訊ねてきた。僕は、正直に答える。

「昨日の残りもんで、ささっと」

「主婦か」と笑いながら、先輩は「俺もや。上司が蕎麦《そば》屋に誘うから、断れんかってな」と言いながら、スーツのポケットから五枚綴《つづ》りのチケットを三枚取り出してみせた。

「前売りを買うといたんやけど、肝腎のお前に言うんをすっかり忘れとった。暇でよかったわ」

「え、いくらですか？　半分払いますよ、僕」

「五枚綴りで三千五百円やけど、そのくらいかめへん。奢ったる」

「いいんですか？」

「今さらやろ。外で食うもんは、お前の家事労働と相殺や」

確かに、外食のときはしょっちゅうご馳走《ちそう》してもらっているし、家事労働を評価してもらえるのもちょっと嬉しい。ありがたく、チケットはもらっておくことにした。

「なるほど、現金じゃなくて、チケット一枚とか二枚とかで払うんですね。で、どこ回ります？　昼間にやってるとこも、夜だけのとこもあるみたいですけど……。僕、あんまり詳しくないですし、先輩のお勧めの店で」

スマートフォンでバルの公式サイトにアクセスして、店とメニューの一覧表を眺めながら訊ねると、先輩は即答した。

「二人とも昼飯は済ませたわけやし、デザートでええやろ」

「へ？」

「デザート。つまりスイーツやな」

賢そうな顔とシュッとした服装の先輩の口から、低くてかっこいい声で滅茶苦茶滑舌よく「スイーツ」という言葉が出ると、猛烈におかしい。

女子ならギャップ萌《も》えとか言うのかもしれないが、野郎の後輩としては、ひたすらおかしい。

「先輩が甘党なのは聞いてましたけど、マジですか。スイーツのハシゴ？」

「あかんか？」

「や、いいですけど……続くとしんどいんで、しょっぱいものと軽く一杯を適当に挟みたいかな」

僕がそう言うと、先輩は綺麗に剃《そ》った顎に手を当てて、「ふむ」としばらく考えてから頷いた。病気の治療方針を立ててるときにするような冷静な表情で口を開く。

「せやな。あんまし長時間並ばんとあかん系は避けて……」

「ですね」

「そうなると、手始めに『マグネットカフェ竹園《たけぞの》』で肉的なもの、『芦屋咲《さ》くや』でパフエとハーブティー、『シェフアサヤマ芦屋洋菓子工房』でケーキセット、『CASA PEPE《カサペペ》』でピンチョスとワイン、『Peri《ペリ》亭』でケーキセット、『Bis《ビス》』でガツンと肉料理盛り合わせ、あと、余ったチケットで、『パティスリーエトネ』のパウンドケーキと、田中金盛堂《たなかきんせいどう》のせんべいを持ち帰る。これでどうや」

「ど、どうや、って」

立て板に水のプランに、僕は目を白黒させるしかなかった。

たぶん先輩の頭の中には、芦屋バルの店とマップがほとんどインプットされているに違いない。

最近、夜にタブレットをやたら熱心に弄《いじ》っていたのは、これか。

そういえば先輩は昔から、リサーチが好きな人だった。試合前の部活ミーティングで、他校の有力選手のデータをわかりやすくまとめて発表してくれたのは、いつだって先輩だったのを思い出した。

「他に行きたいところがあるんやったら……」

「や、ないです。けど、そんなに食えますかね？」

「のんびり散歩しながら食うんや、何とかなる。晩飯はパスしてもええやろ」

「まあそうですけど。ただ僕、一日の終わりは米の飯じゃないと、どうも落ち着かないんですよね」

「それやったら……」

「お茶漬けでも食いますか。先輩が貰った『加島屋《かしまや》』のさけ茶漬の大ビンが、冷蔵庫にありますし、海苔《のり》もあるんで、サトウのごはんに載っけてさらさらっと！」

僕がそう提案すると、先輩はちょっと呆気《あっけ》にとられたような顔をして、それから苦笑いして僕の背中を叩いた。

「軒を貸して母屋を取られるっちゅうんは、これか？　家の中のもんについては、お前のほうが全然詳しいやないか」

「あはは、そりゃそうかも」

「家におる時間も、お前のほうが長いし」

そこで先輩はふと真顔になり、僕の顔をつくづく見てこう言った。

「そんでお前、いつまでおるねん」

数日に一度投げかけられるこの質問、既に何かの合言葉みたいになっている。

先輩のちょっと意地悪な表情と口調から、本気でないことはすぐわかるからだ。

「んー、先輩に彼女ができたときですかねえ」

今日はこれまでにない返しをしてみたら、先輩は眼鏡の奥の目をちょっと細めてニヤッと笑い、僕の背中をバンと叩いた。

そういう癖は、高校時代から全然変わらない。

「ほな、当分おらんとあかんな。せいぜい、芦屋の店に詳しなっとけ。行くで」

「はーい」

なんだかんだで相変わらず面倒見のいい先輩の背中を追いかけ、僕は、週末らしくほどよく賑わう芦屋の駅前を探索し始めたのだった。

六月

「はーい先輩！　起きる時間ですよ〜〜」

そんな無駄に元気いっぱいの声と共に、容赦なく薄い夏布団を剥ぎ取られる。

俺が呻《うめ》き声を上げるのにお構いなしに、寝室のカーテンと窓が開け放たれた。

声の主は、考えるまでもなく白石だ。

俺の家に転がり込んできて、はや二ヶ月。

気分転換が上手くいったのか、白石は最近、ようやく再び、小説の仕事を再開したらしい。

その途端、奴は思いきり夜型にシフトした。

俺にはさっぱりわからないが、白石曰く、夜のほうが何となく調子が出るらしく、小説家や漫画家には、そういうタイプがけっこう多いそうだ。

「うう……おはよう」

突然差し込んできた朝の光から片腕で目元を庇《かば》い、しわがれた声で朝の挨拶をすると、ご機嫌な声が返ってきた。

「おっはようございます。じゃあ僕は寝ます。先輩は仕事頑張ってきてください。晩飯のリクエストがあったらＬＩＮＥで」

「……おう」

片手をヒラヒラさせて去って行く白石を見送り、俺は手探りで、枕元のテーブルから眼鏡を取り上げ、鼻の上に載せた。

眠気は残っているが、社会人は働かねばならない。

顔を洗ってスーツに着替えると、少ししゃんとした。

別にスーツで出勤する決まりはないが、言うなれば、戦いに行くならそれ相応の装いを、ということだ。スーツは俺の戦闘服なのだ。

一階に降りて、台所の冷蔵庫を開けると、小さなガラスの器に、アメリカンチェリーがたっぷり盛られ、ラップフィルムがかけてあった。

祖母が生きていた頃、よく、その器にゼリーを盛っておやつに出してくれたものだ。

俺がこの家に越してきてからは、一度も使ったことがなかった。

今、こんな細かいことをするのは、白石だ。

サクランボなんて、ざっと洗ってパックに戻してそのまま食えばいいと思うが、奴は必ず器に移す。

そのほうが絶対旨いというのだ。そんな馬鹿なと思ったが、意外と本当のような気がする。

サクランボを二つ三つ摘まんで、種をシンクのゴミ入れに吹き飛ばし、よく冷えたトマトジュースをコップになみなみ一杯飲み干してから、さて出掛けようとしたとき、ダイニングテーブルの上に置かれたものに気がついた。

弁当箱だ。

ご丁寧に、ナプキンで包んでゴムバンドまで掛けてある。

白石の奴、たまに気が向くと、執筆中の気分転換に、俺の弁当まで作ってくれる。

最初はうっすら不気味だったが、今は素直にありがたい。

冗談めかして「お前、いつまでおるねん」としょっちゅう訊くものの、正直、あいつが来て助かったことこそあれ、困ったことは何もない。

仕事に行って帰るたびに、家がどんどん綺麗になり、外食とまともな手料理の割合が三対七くらいになり、話し相手が出来た。

休日は各々好きに過ごしているし、飯以外は特に何かに誘ったりはしないが、それでも、さほど気を使わなくていい相手が家の中にいるというのは、思ったよりいいものだ。

あいつが来てから自然と出来たルールのいくつかにも、すっかり慣れてしまった。

玄関に出しておく靴は、共有のサンダル一足と、あとお互い一足ずつ。

二人で食べるもの、使うものを買ったときのレシートは、リビングの窓際に置いた浪花《なにわ》屋《や》の「元祖柿の種」の四角い缶に放り込む。

風呂は、後から入ったほうがざっと洗う。

ゴミは、白石がまとめて、俺が捨てに行く。

そんな小さなことばかりだ。

でも、女性の同僚に「後輩が下宿することになった」と話したとき、そんなルールに言及したら、結婚一年目のその同僚は、真顔で「そういうことを守らないと、人間関係が静かに悪化していきますよ。気をつけて」と言った。

つまり、夫となった人物は、その手の生活上のルールをあまり守らないのだろう。気をつけて、と言ったときの彼女の目は、サメのようだった。

とても怖い。

別にうちは夫婦でも何でもなく、俺は先輩であり家主でもあるというアドバンテージはあるが、今や、家の中のことはあいつのほうが詳しいという恐ろしい事実もあるわけで……一応、気をつけようと思う次第だ。

そんなわけで、本日もつつがなく出勤し、外来診療を終えて、午後一時半。

まずまず順調に終わったほうだ。

病院の事務方からは、「予約時刻を極力厳守して、患者さんの待ち時間を短縮してください」と毎月のように通達が来るが、できるものならそうしている。

利益を上げるためには回転率を上げろ、しかし患者ひとりひとりを丁寧に診察しろ、というのは、なかなか両立の難しい課題なのだ。

患者さんによっては、処置の所要時間が予定より長引くことがある。

緊急処置を要する新患が来れば、途中で割り込ませざるを得ない。

そんなこんなで、どう頑張ってもそれなりに待たせてしまう結果になる。

「お待たせしてすみませんでした」と詫《わ》びるのが精いっぱいなのだが、さすが関西、「ホンマですわ」と軽くジャブを繰り出してくれる患者さんも多くて、むしろホッとしたりする。

今日は、「目に小さなカメムシが入った」という気の毒な患者が来て、診察室がひとしきり盛り上がった。

驚いて目を擦《こす》ったところ、カメムシがその刺激に驚いてとんでもない悪臭を放ったそうで、確かにご本人は異様な臭気と共に登場した。

なるほど、眼瞼《がんけん》……瞼《まぶた》を引っ繰り返して観察すると、虫の残骸とおぼしきものが散らばっている。よほど景気よく目を擦ったのだろう。

本体は既にお亡くなりになっているが、カメムシ死んで悪臭を遺《のこ》す、だ。

看護師がテキパキと用意を整えてくれて、念入りに洗浄し、角膜や結膜に大きな傷がないことを確認して、処置自体は比較的速やかに終わった。

ただ、どれほど洗っても、カメムシの最後っ屁《ぺ》は薄れこそすれ、消えることはなかった。

これればかりは、人工涙液を点眼し、様子を見てもらうしかない。この辺りの言葉で言うところの、「日にち薬」という奴だ。

患者がしおしおと去った後も、しばらくカメムシ独特の臭いが診察室に漂って閉口した。

もしかすると、後片付けをしながら、看護師が「あー、昼にパクチー食べたいわ～」と言っていたのは、そのせいかもしれない。

幸か不幸か、俺はパクチーを食べたいと思ったことは一度もないので、平和な気持ちで医局に戻り、自分の席で弁当を広げた。

弁当箱は、白石が食器棚の引き出しから発見したものだ。新品のようだから、亡き祖母が買うか貰うかして、そのまましまい込んでいたのだろう。

「お」

蓋を開けるなり、つい小さな声が出た。

男飯、という言葉が頭を過《よ》ぎる。

白石は手際よく料理を作るが、普段はそう凝ったものは作らないし、切り方や盛り付けも、さほど気にしない。

俺も、皿の上に食べられない飾りが載っているのは好きではないので、ちょうどいい。

日々の飯は、がっさり盛って、ガツガツ食う。それがいい。

そんなわけで、弁当もなかなかにざっくりしている。

米は少なめで頼むと言ったから、ご飯のスペースは弁当箱の三割程度だ。

昨日の残りご飯を詰めてあるのだが、ご飯の間に挟んであるのは、ちょっと変わったものだ。

あいつの母親の弁当の定番だったという、「みそ炒り卵」である。

最初食べたときはなんだかわからなくて、帰って真っ先に「あれは何や」と訊ねたものだ。

なんでも、フライパンにバターを溶かし、砂糖と味噌と醤油を合わせて火を通し、そこに溶き卵を流し込んで、ぽろぽろの細かい炒り卵に仕上げるそうだ。

何とも不思議な味だが、卵と甘い味噌がご飯に合わないはずがない。正直、おかずが要らないレベルのパワーアイテムだ。

残りのスペースに詰められたおかずは、たいてい昨夜の残りか、常備菜だ。

メインのおかずは、ソーセージとジャガイモとタマネギを炒め合わせたもの……つまり、ジャーマンポテトだった。

炭水化物をおかずに炭水化物を食べるのは、大阪育ちの俺には得意中の得意だ。

白石のジャーマンポテトには、薄切りのエリンギが入っていて、これがけっこう旨い。

あとは、ひじきの煮物、ほうれん草の胡麻あえ、プチトマト、きんぴら牛蒡《ごぼう》。

バター
しょうゆ
みそ
たまご
みそ炒り
たまご
ジャーマンポテト
ひじき煮
ほうれん草の
ゴマ
あえ
きんぴら
ごぼう

執筆の息抜きと白石は言っていたが、常備菜も、あれこれまめに作る奴だ。

奴のきんぴらごぼうは、ごぼうがすこし厚めにささがきにされていて、歯ごたえがあって旨い。あまり唐辛子を効かせないのが俺の好みだ。

白石はいつも、食べるときに七味を大量に振っている。何だって一部の人間は、あんなにカプサイシンを欲するのか。俺にはわからない。

とにかく旨い弁当で腹を満たしながら、俺はポリクリ《臨床実習》の学生が提出したレポートを読み始めた。


「ただいま」

今日は早く仕事が終わったので、午後六時半に帰宅した俺は、玄関で無意識に耳を澄ませ、あれっと思った。

カタカタという音が聞こえてこない。

それは、白石がノートパソコンのキーボードを叩く音だ。

二階の一室を「僕の部屋です」と宣言して占有しているくせに、執筆はダイニングテーブルが落ちつくらしく、よくそこでノートパソコンを立ち上げている。

そこで作業をすると、あいつのキーを叩く指の力はけっこう強いようで、微かな打鍵音が玄関まで聞こえてくるというわけだ。

しかし、今日は家の中がしんと静かだ。

奴が来るまではそれが当たり前だったが、二ヶ月も経つと、意外に感じてしまう。慣れというのは恐ろしいものだ。

「出掛けとるんかな」

呟《つぶや》きながら家に上がり、一応、リビングとダイニング、台所も覗いてみる。

白石の姿はない。定位置にノートパソコンはあるが、電源は入っていない。

やはり、外出中らしい。

そのまま二階の寝室へ着替えに行こうとしたら、意外な方向……左側から呼びかけられた。

「あー、先輩！　お帰りなさい」

「お、おう？」

階段手前左には、小さな和室がある。

祖母が趣味のお茶を楽しむために作った空間で、ささやかな床の間もついていて、達筆すぎて読めない筆文字の掛け軸が飾られている。

越してきたとき、畳にビニールシートを敷いて色々荷物を置いていたので、しばらく物置状態だったが、それも白石がいつの間にか片付けていたものらしい。

開け放した襖の先に、やはり開け放した障子が見え、その向こうに笑顔の白石が立っている。

Tシャツにジャージの下。最近の定番ファッションだが、軍手を嵌《は》めているところが、いつもと違う。

白石の奴、家の中の片付けに飽き足らず、ついに庭に手をつけたのか。

日々の仕事にかまけて、家の中も庭もほったらかしだったから、ささやかな庭は、雑草ぼうぼう、庭木育ち放題という荒れた状態だ。

植木屋を頼まなくてはと思いつつ、これまで面倒臭くて放置していた。

「お前、庭仕事までやっとんか。そこまで気ぃ使わんでええぞ」

俺は呆れ声でそう言いながら、のしのしと畳を横切り、形ばかりの縁側に立った。

案の定、長靴を履いて庭に立つ白石の足元には、スコップだのショベルだの、肥料の袋だのが置かれている。

白石はニカッと笑って、「ちょっとだけですよ」と言った。

「言うたかて、そのへん草ぼうぼうやったん、抜いたんやろ?」

「今やってる作業に必要なだけしか抜いてませんし。ここ何日か雨が降って土が濡《ぬ》れてるんで、抜くの簡単ですしね」

「いや、せやからそこまでせんでも……小説、書けるようになってきたんやろ?」

「はい。って言っても、まだプロットをこねくり回してる状態で」

「プロット?」

「あらすじって言ったらいいんですかね。原稿の前に担当さんに提出する、物語の骨組みみたいなもんです。設計図って言ったほうがいいかな」

白石はそんなことを言いながら、手水鉢《ちょうずばち》に軽く手を置いた。

「へえ……」

わかったようなわからないような、実際はあまりわかっていない返事をして、俺はなにげなく、奴が触れている手水鉢を見て、「えっ」とまた声を上げてしまった。

その手水鉢は、祖母が茶室の雰囲気を出すために置いた……というか、埋めたものだ。

どこかの古寺から譲られた品らしく、やたらに長い円柱状の花崗岩《かこうがん》を、しっかり庭土に埋めてある。それでも地上に一メートルほども飛び出していて、上面をくり抜いて、水を溜めるようになっている。

雨水が溜まるに任せていたから、きっとボウフラが湧き放題だっただろう。

それも、水を捨てて綺麗にしてある。

しかし、俺が驚いたのは手水鉢が綺麗になっているからではなく、その周囲の土が耕され、何やら植わっていたからだ。

確か祖母が存命中は、そこにはアジサイやらツボサンゴやらが植えられていたが、俺が水まきをサボっているうちに、どれも夏場に枯れてしまった。

だが、今、白石が植えたばかりのその植物は、元あったような観賞用の草花ではないようで……。

「それ、もしかして」

白石は、とてもいい笑顔で頷く。

「このへん、手入れもしやすいし、水も撒きやすいんで、茄子《なす》とトマトとピーマンを植えました！」

「茶室の前に、夏野菜コーナーが……」

「駄目でした？」

「や、どうせ茶室として使うことはあれへんから、ええん違うかな。ちゅうか、ついに自給自足に踏み出したんかい」

俺がそう言うと、白石はまた声を立てて笑った。

「あはは、そこまでじゃないですって。だけど、東京のアパートでは土いじりなんてできなかったから、ちょっと憧れてたんですよね。滅茶苦茶楽しい。あとほら、リビングの掃き出し窓は眩《まぶ》しそうだから、キュウリかゴーヤで緑のカーテン作っちゃおうかなーと思ってます」

俺はちょっと心配になって訊ねてみた。

「お前が好きでやってるんやったらええけど、仕事は大丈夫なんか？」

「大丈夫ですよ。そんなに長時間やってませんし。なんか、毎日身体を動かすのが、脱スランプにはいいような気がして」

「そういうもんか？」

「たぶん。そういうの、先輩のほうが詳しいんじゃないんですか、医者なんだし」

「知らん。せやけどまあ、動かんよりは動いたほうがええやろ」

「ですよねえ。つか、暗くなってきたし、先輩帰ってきたし、そろそろ晩飯の支度しますよ。今日の農作業はこれまで」

ちょっとおどけた口調でそう言って、白石は道具をささっと縁側の近くに片付け、軍手を外して家に上がってきた。

「先に風呂、お湯溜めて入っててくださいよ。その間に作りますし」

「お前が先に風呂入ったほうがええん違うか。飯は外でもええで？」

一応、定期的に先輩風を吹かせておこうと俺はそう言ったが、白石はキッパリとかぶりを振った。

「や、今日は肉団子作るんで」

「……肉団子」

「嫌いでした？」

「いや、たぶん好きやけど、なんでまた」

「食いたいからですよ、僕が。あと、原点に立ち返ろうと思って」

喋りながら、白石は台所へ向かう。何となく、俺ものこのことついていった。

「原点?」

「はい。デビューのきっかけになった、料理の写真とレシピ、それにショートショートをアップしてたサイト、忙しくて閉鎖しちゃったんですけど、また再開しようかなって思うんです」

「それも、気分転換になるかもしれへんな」

「はい。だけど、物語は手間要りなんで、エッセイみたいにしようかなって。つまり、日々のこととか、先輩のこととか」

俺は慌てて片手を振った。

「俺のことはええて」

「なんでですか」

「何もおもろいことはできへんからや」

「芸人じゃあるまいし、別に意識して何かしてくれなくていいですよ。先輩、フツーにしててもけっこう面白いし」

「は!?」

目を剝く俺に、白石はシンクで綺麗に手を洗いながら言った。

「こないだ、寝起きに冷蔵庫開けて、缶コーヒーと間違えて缶入りのそばつゆ飲んで盛大に噎《む》せてたの、相当面白かったですよ」

「う」

そのときの醜態を思い出して、俺は思わず眉間《みけん》に手を当てる。

「お前、俺がそばつゆ取ったん気付いてて、黙って見とったやろが」

「いや、何するのかなって」

「嘘つけ」

「ホントですって」

げらげら笑って、白石は手を拭《ふ》き、冷蔵庫から豚ひき肉のパックを取り出す。

俺が気付いていないと思っているんだろうが、白石の奴、うちに来たときは、はしゃいでいるように見えて、時々酷《ひど》く疲れた顔をしていた。

最近では、高校時代のようによく笑う。

仕事が上手く回り始めたのもあるんだろうが、やっぱり、東京での生活に疲弊していたのかもしれない。

「なあ」

「はい？」

ボウルに挽《ひ》き肉をあけ、白ネギのみじん切りに取りかかっていた白石は、視線を葱に落としたまま応じる。

こういうさりげないときに訊いておきたくて、俺は思いきって質問を投げかけてみた。

「お前、東京では引きこもりで友達がおらんかったたって言うてたけど、高校時代は、多少内気やったとはいえ、そこまでやなかったやろ？　少なくとも一年の頃は」

それは、ちょっと意外な質問だったのだろう。白石の包丁を持った手が、ピタリと止まる。

しかし、こちらを見ずに、白ネギに斜めに軽く包丁を入れる作業を再開して、白石はさらっと答えた。

「ですねえ。東京の大学に入ってからっすね」

「なんでや？　何かあったんか？」

「んー、何があったってわけじゃないんですけど」

「ちゅうと？」

「やっぱ、環境の変化ですかね。関西弁で話したら引かれたり、東京の人の多さに酔ったり、借りたアパートに滅茶苦茶ゴキブリ出たり、水の味が違ったり、電車の路線がようわからんかったり、そういうのが色々重なって、あっち行って一年くらい経った頃、パニック発作っていうのを起こして倒れたんですよね。急に胸がどきどきして、息が苦しくなって」

「……あー」

俺は、つい間の抜けた声を出した。

なるほど、パニック障害か。

「なんか、いつどこでそうなるかわかんないから、外に出るのが怖くなって、発作を起こした自分を見られたくなくて、人と会いたくなくなって……。まあ、幸い、最初の発作を起こしたとき、偶然近くにいたのが心療内科の先生で、その先生のクリニックに通って、どうにか一年くらいで落ちついたんですけどね」

「せやけど、やっぱり再発の不安が残っとったから、引きこもり気味になったっちゅうわけか」

刻みかけたネギをそのままに、白石はやっと包丁を置いて俺を見た。その顔には、寂しさと恥ずかしさが半々の、何とも微妙な表情が浮かんでいる。

「そうなんです。小説が急に書けなくなったときも、またあんな発作が起こって、駄目になるんじゃないかって思ったら怖くて怖くて。そんなとき、先輩のことを思い出して、つい来ちゃいました」

「……どうせやったら、最初の発作んときに思い出さんかい。いや、思い出されても、どうにもできへんかったかもしれんけど」

「そうですよね。でも最初のときはマジでパニック酷すぎて、何も考えられなくなったんです。二ヶ月前の不安は、その手前だったんで」

「……来てよかったか？」

するとと白石の顔に笑みが戻ってくる。

「そりゃもう。家の前で先輩の顔見た瞬間に、めっちゃくちゃ安心しちゃって、そっからは安定の一途ですよ」

「……ほー」

「ほーって！　もっと偉そうにしていいんですよ！　先輩はわりとプレシャスなんで！」

「わりとって言うな。っちゅうか、まあ、それやったらよかったな」

「あざっす」

俺も照れるし、白石も照れていて、何だこの空間は。

いたたまれない思いで、俺は意味もなく軽く手を打った。

「ほな俺、風呂に湯ぅ張って入ってくるわ」

「はい、どうぞ」

あからさまにホッとした様子でネギに向き直った白石に、俺は台所を出ていく間際、もう一度声を掛けた。

「肉団子な、甘酢あん甘めの多めで頼むわ」

「了解でっす。ほんじゃ、今日のエッセイのタイトルは『僕の先輩が全般的に甘党な件』

にしますね」

「長いわ。ラノベのタイトルか！」

照れ隠しの応酬ができるのも、ブランクはあっても古い付き合いのいいところかもしれない。

後輩が送ってくれた先輩風を背中に受けて、俺は風呂場に足を向けた……。

七月

「ふわああーあ」

家の中に誰もいないのをいいことに、大口を開けて、声も思いきり出して、両腕を空に突き上げるようにして、椅子に座ったまま、上半身を全部使って欠伸《あくび》をする。

ついでに、両脚も、膝から先をピーンと伸ばしてみた。

パソコンの画面の右下に表示されている時刻は、午後二時四十七分。

昼過ぎに起きて、シャワーを浴びて、洗濯機のスイッチを入れてから、いつものようにダイニングテーブルで執筆の仕事を始めたから、まだ一時間ちょっとしかやっていない。

疲れたというより、起きてから何も食べていないから、脳がガス欠な感じだ。

僕は寝起きが悪くて、起き抜けは水を飲むくらいで、固形物は何も食べたくない。だから、いつもこのくらいの時刻に小腹が空く。

「さて、何か食べよ。何があるかな」

時間的にはおやつだけれど、今日初めての食べ物だから、別に軽い食事でも構わない。

今日、冷蔵庫にあるのは……ハムと数種類の野菜、それにかまぼこだった。

冷凍庫に豚肉の薄切りと合挽き肉があるものの、どうも、どれにも食指が動かない。というか、暑さが身にこたえていて、昼間から自分ひとりだけのために火を使う気にはなれない。

ダイニングはエアコンをつけているから涼しいけれど、廊下や外に出るたびに受ける猛暑のパンチで、ダメージがジワジワ体内に蓄積している状態なんだろう。

なんだか気怠《けだる》くて、よろしくない感じがする。

それなら、火を使わずにハムとレタスでサンドイッチにしようかと思ったのに、食パンがなかった。

そういえば、ダイニングに来たとき、微かにトーストの匂いがしたような気がする。どうやら、先輩に食べられてしまったみたいだ。

「ご飯はあるけど……今日はご飯って感じの腹具合じゃないんだよな」

もっと軽く、それでいて歯ごたえがあって、甘すぎない甘いもの。

脳が欲するのは、そんな食べ物だ。

「あっ、そういえば、どっかで見た気がするんだけど……」

僕は再び冷凍庫を開け、奥のほうを探ってみた。

あった！

片隅に一本だけ残っていたのは、アイスキャンデーの定番中の定番である「ガリガリ君」、しかも信頼と実績のソーダ味だ。

「まさにこれだよ～。とと、これ、先輩のじゃないだろうな」

一応、包装の裏表をチェックしたが、先輩の名前はない。

食べてはいけないものには油性マジックで大きく自分の名前を書いておく約束なので、これは、僕が買ったわけじゃなくても、食べていいものだ。

僕は安心して、パソコンの前に戻り、袋をビリリと破った。

うす水色の角張ったアイスキャンデーにかじりつくと、シャリッ、の後に、ガリガリというよりは、ジャリジャリとした氷の粒の小気味いい食感が訪れる。

これが飲み物のソーダと同じ味かどうかはよくわからないし、落ちついて味わうと、特に爽《さわ》やかというわけでもないような気がするけれど、それでも確実に存在する不思議な爽快感に、僕は思わず溜め息をついた。

口の中がたちまち冷えて、冷気はそのまま全身に広がっていく。

「はー。夏だ～」

思わず、そんな言葉が漏《も》れた。

メールチェックをしながら、僕はジャリジャリとアイスキャンデーをかじり続ける。

先輩に言わせると「お前は三叉《さんさ》神経がとろいんや」だそうで、僕は冷たいものを食べて、こめかみがキーンとなったことは一度もない。

この前、JR芦屋駅前の風月堂《ふうげつどう》でかき氷を食べたときも、どんどん順番待ちの人が入ってくるものだから焦って大急ぎで食べたのに、特に何もなかった。

皆と一緒になってキーンとなれないのはちょっと寂しいものの、あまり心地よい感覚ではなさそうなので、なくていいことにする。

「夏の主食は、やっぱアイスだよなあ」

溶けかけたところで棒から抜き取って頬張り、最後に棒に少しだけくっついた氷の粒も、残さず歯でこそげ取る。

子供の頃から、ずっと同じ食べ方だ。

ダイレクトに糖分を補給して、何となく腹も気持ちも落ちついた。

さあ、原稿に戻ろう。

スリープにしていたノートパソコンを立ち上げ直し、さて仕事を再開……と思ったところで、パソコンの横に置いてあったスマートフォンが着信音を鳴らし始めた。

担当さんからかと思ってギョッとしたけれど、液晶画面に表示されているのは先輩の名前だ。

「もしもーし」

軽やかに出ると、先輩はいつもの低くてかっこいい声で言った。

『今朝、晩飯は外で食おうて言うたやろ？　そのことなんやけど』

「あっ、はい。どこにします？　家の近くか、駅近か……ＪＲか阪神って意味ですけど」

だいたい週に一度くらいは外食する僕たちなので、いつもの気軽な食事だと思って、僕はそう言った。

でも先輩は、こう返してきた。

『店はもう決めてんねん。六時にＪＲ三ノ宮駅の中央改札口出たとこでどうや？』

「えっ、三ノ宮？　そんなとこまで行くんですか？」

わざわざ電車で食事に行くことなんてこれまでなかったので、僕は驚いて聞き返す。

先輩は、平然と言った。

『おう。別にええやろ。問題あるか？』

「いや、ないですけど。……外、あっついですよ？」

『古来より、夏は暑いもんや。ほな、六時にな。前後三分くらいは幅取ってええけど』

僕の抵抗をあっさりねじ伏せ、先輩は話を打ち切ってしまう。たぶん、仕事の合間にさっとかけてきてくれたんだろう。

「三ノ宮かあ。高校時代に何度か行ったっきりだな」

僕は懐かしくなって、思わず目を閉じた。

僕と先輩は二人とも大阪育ちなので、高校生までは、繁華街といえば梅田《うめだ》やなんばのことだった。

よく他地方の人にはダンジョン呼ばわりされる梅田地下街が、僕らにとっては精いっぱい背伸びして歩く胸躍る場所だったのだ。

その後、僕は上京して東京の色々なところが遊び場になり、先輩は芦屋に来て、大阪と同じくらい、神戸にも行きやすくなったんだろう。

電話の口調では、三ノ宮でご飯を食べる店をもう決めてあるみたいだし、先輩はその界隈《わい》に詳しいに違いない。

そういえば、担当さんがこの前の電話で、「せっかく関西にいるんですから、そちらが舞台の小説なんてどうですか？　神戸とか、今住んでる……芦屋でしたっけ？　きっと、女の子が好きなお洒落《しやれ》な場所でしょ？　頑張って、女性読者をもっと増やしましょうよ」と提案してくれた。

ここがお洒落な場所かどうかは僕にはさっぱりわからないけれど、言われてみれば、小説の舞台として魅力的な場所や、美味しそうな食べ物がこの辺りには多い。

先輩が甘党で、仕事帰りにあちこちでお菓子を買ってきてくれることもあり、スイーツのレベルが相当高いことはよく知っている。

「うん、真剣に考えてみよう。今日が、第一回の取材ってことになるな」

正直、食事のために遠出は億劫《おつくう》だなと思っていたのに、取材となれば、多少はやる気になる。作家というのは、なかなか業が深い生き物だ。

何故、週末でもないのに食事のために遠出しようと先輩が思いついたのかはよくわからないけれど、わざわざ足を運ぶからには、きっと凄く美味しい店に違いない。

多少ハズレでも、それはそれでネタになりそうだ。

「あー、昼飯をアイスキャンデーで終わらせて正解！　ちょっと楽しみになってきた」

この家からJR芦屋駅までが少し遠いけれど、電車に乗ってしまえば各駅停車でも十五分ほどで着くから、あと二時間ほど仕事を続けて大丈夫だ。

せいぜい一ページでもたくさん進めて、気持ちよく美味しい晩飯を食べよう。

そう思いながら、僕は両手を黒いキーボードの上に載せた。


午後六時ほぼぴったり、JR三ノ宮駅中央改札口。

改札機を出てすぐの太い柱にもたれかかって、遠峯先輩は腕組みして待っていた。

電車の中は涼しかったものの、今はムッと湿気が籠もって暑い。それなのに、先輩はサマースーツとはいえ、ジャケットを着て、ネクタイをきっちり締めたままだ。

僕に気付いて、軽く片手を上げるスーツ姿の先輩は、後輩で野郎の僕が言うのもなんだけど、とてもかっこいい。

高校時代、ブレザー姿の先輩も、こっちの表現を使えばシュッとしていたけれど、社会人になってスーツにバージョンアップしたおかげで、かっこよさがさらに増している。

髪型も、髪を長めにしていた高校時代と違い、短くこざっぱり整え、前も短めにして軽く流しているのが、凄く賢そうというか、お医者さんっぽくていい。

それに引き換え、Tシャツはいくら何でも……と思ったので唯一持っているコットンシャツとカーゴパンツで精いっぱいのお洒落はしたものの、よくバンドマンに間違われるマッシュルーム崩れの髪型をしてメッセンジャーバッグを掛けた僕は、先輩にまったく釣り合っていない……というか、並んで歩いていたら、たぶん誰も関係性を正しく理解できないだろう。

ちょっと気後れしながら「お待たせしました」と声を掛けると、先輩はちょっと笑って「優秀やな。六時ピッタリやないか。遅刻するかと思ったんやけど」と言った。

「僕、時間にはわりと正確でしょ?」

「今はな」

「今はって……」

「高校一年で最初の試合の日、寝過ごして昼過ぎに半泣きで来たんは誰やったかな」

「ああっ」

並んで歩き出したばかりだというのに、僕は思わず頭を抱えて足を止めた。

そうだった。

そんなことがあった。あまりにも辛い経験だったから、記憶から削除していたつもりだったけれど、しっかり甦ってきた。

当然、そんなダイナミックな遅刻をしたので試合には出られず、みんなに冷ややかな目で見られるし、部長は困った顔をするし、何より、遠峯先輩に目から血が出るくらい叱られたんだった……。

「アホ、こんなとこで突っ立っとったら邪魔やろ。歩けや」

ツカツカと戻ってきた先輩にシャツの襟首を猫みたいに摘まれて、僕はヨロヨロ歩き出す。

「だって……あのときの先輩の鬼みたいな顔を思い出したら、全身から力が抜けて……」

「昔の話やろ。しかも鬼て何やねん。そこまで怒ってへんぞ」

「うっそだー。滅茶苦茶怒られた記憶しかないですよ。一応、ボウケースも持っていったのに、先輩に『帰れー！』って怒鳴られて、開けもせずに泣いて帰りましたもん、僕」

「そこがお前のメンタルが丈夫なとこや」

まだ明るい中、駅前の大通り、通称フラワーロードを海側、つまり南に向かって歩きながら、先輩は苦笑いで言った。

「は？　泣いて帰ったのにメンタル丈夫って酷いな」

「普通は帰れて言われても、帰らんもんや。速攻帰られて、みんな唖然としたんやで」

「だって、試合にはもう出られないし、みんな冷たいし」

「当たり前やろ。デビュー戦やぞ。普通遅刻するか？」

「目覚まし時計が鳴らなかったんですよ。不可抗力です。その日も言った気がしますけど」

「俺も聞いた気はするけど、まあ、今どきな奴やて、呆れるを通り越して感心したな。泣いて帰ったわりに、週明けの部活にはけろっとした顔で来とったし」

「えー、だって日曜挟んだらノーカンでしょ？」

「誰が決めたんや、そんな掟《おきて》」

「僕ですけど」

「やっぱし今どきやなー。そんなに丈夫なメンタルを病《や》ませるんやから、東京はやっぱし田舎もんには厳しいとこなんやろ。尻尾巻いて逃げて来て賢かったな」

そんなことを言って、先輩はニヤッと笑う。

こういう、わざと無神経なことを言って茶化してくれる先輩の優しさが、僕は好きだ。

本当に悪意があって言っていたらきっと傷つく台詞だと思うけれど、そうじゃないことは先輩の顔を見ればわかるので、むしろ励まされた気持ちになれる。

「ですよねー、こっちに来てからめきめき元気ですもん、僕」

「そやな。よう食うし、仕事も何とかやれとるみたいやし。今日は原稿、はかどったか？」

「ぼちぼちっすね」

「はかどってへんねんな」

日々のやり取りを経て、最近では先輩も、僕の顔つきと返事で原稿の進捗がわかるようになってしまったらしい。

先輩が担当さんでなくてよかった。

「まあ、小さいことからコツコツと、や。少しずつでも前進しとったら、悪うはならん」

この前、お世話になっているんだから、一応打ち明けておいたほうがいいかなと、かつてパニック障害を患ったことを話したせいで、医者である先輩は、僕自身より僕のことを心配してくれている。あたたかい言葉に、僕はちょっとじーんとしてしまった。

「先輩は、優しいっすね」

「それを言うんはまだ早いで」

「へ?」

「もうちょっとしてから、もっと心をこめて言わせるつもりなんや」

「もうちょっとしてから? そういや今、僕らどこへ向かってるんですか? 僕、三ノ宮はあんまり詳しくないですけど、たぶんこのまま行くと、神戸市役所かな?」

「の、手前を曲がるんや。つまり、ここを右折やな」

そう言うと、先輩は横断歩道を渡ったところで右に折れた。市役所前の見事な花時計を横目に見ながら、歩き続ける。

ガソリンスタンドの前を通り過ぎ、目の前のビルの一階にあるのは、まさかの仏壇屋さんだ。

しかも、店の前に「現代仏壇」と書いてあるとおり、やけにモダンな、家具みたいな仏壇がたくさん並んでいる。

「神戸は、仏壇までお洒落なのか……」

思わずそう呟くと、先輩は小さく噴き出した。

「別に神戸の特産品やないやろけど、確かに滅茶苦茶かっこええ仏壇があるな。……と言いつつ、ここを左や」

「えっ、まだ海のほうへ下るんですか？」

「いや、もう目的地に着いた」

そう言って、先輩は目前のビルの看板を指さした。

オブジェっぽい、洒落た看板には「第一樓《だいいちろう》」と書かれている。

このあたりは旧居留地で、いわゆる中華街の南京街からは少し離れているけれど、店名からして、ここは中華料理店だ。

しかも、大きなビル一軒まるごとがこの店であるらしい。たぶん、これは僕のお馴染《なじ》みの大衆中華の店ではない。

「こんな豪勢なとこで、平日に飯ですか？」

驚いて声を上げると、先輩は「そやで」と平然と言い、自動ドアから中へ入ってしまう。

「マジかよ」

若干、戸惑いながら後を追った僕は、店に入って、また唖然としてしまう。

赤絨毯《じゅうたん》を敷き詰めたロビーは、驚くほどだだっ広い。

豪華な花や巨大な絵皿を飾り、何十人も待機できそうな、黒檀《こくたん》のテーブルや椅子を配置しても、まだスペースが有り余っている。

「いらっしゃいませ～」

独特のアクセントとイントネーションで声をかけてきたのは、その広大なロビーの奥、カウンターの向こうに控えている年配の女性だ。

遠峯先輩は、慣れた様子でその女性に「予約していた遠峯ですが」と声を掛けた。

予約まで!?

いったい何がどうなっているんだろう。

狼狽《うろた》える僕をよそに、先輩はこちらを振り返って顎をしゃくった。

「ほら、行くで。三階や」

「は、はい」

どうやら、とことん最後まで、こんな店に来てしまった理由は教えてもらえないらしい。

仕方なく促されるままにエレベーターに乗り込み、三階で降りる。

　エプロン姿の女性従業員に案内されたのは、まさかの小さいけれど立派な個室だった。

「ちょ、先輩。何ですかマジで。何かありましたっけ、今日」

「お前がそれを言うか」

　絵に描いたような呆れ顔で、先輩は目の前の、僕ら二人だけではやや大きすぎる、真っ白なクロスが掛かった丸い回転テーブルを指さした。

「まあ、座れや」

　そう言って先輩が指示したのは、入り口から遠いほうの席だ。

　どうも中華料理の席次はわからないけれど、たぶん、入り口に近いほうが、あれこれ注文に立てるという意味で下座なんじゃないだろうか。

　そう指摘しても、先輩は頑として譲らなかった。

「そやからこそ、今日はお前がそっちや。ええから座れ」

　アーチェリー部には、昔からの掟があった。「先輩に、同じことを三回言わせてはいけない」……つまり、「仏の顔も三度まで」の現代版みたいなものだ。

　それが胸に刻まれているので、俺は、三度目の「座れ」を言わせないように、渋々、でも大急ぎで上座っぽい席につく。

「先輩、こんなとこで何食べるんです？」

「中華や」

「それはわかってますけど！　なんか、すっごく高そうじゃないです？　大丈夫かな」

オドオドと辺りを見回す僕に、先輩は心底呆れたという口調で言い放った。

「何も考えんと、来た料理を食うたらええ。心配せんでも奢ったる」

「えっ、でも、悪いですよ、いくらなんでも……」

「ええねん。特別な日やろが」

「は？　特別？」

「ええ加減に思い出せ。今日は何月何日や」

「えっと……」

僕はスマートフォンの電源を入れ、あっと声を上げた。

「七月八日！　もしかして、その、先輩」

「お前の誕生日やろが。店に入ったらさすがに気付くかと思たのに、全然っちゅうんはどういうことやねん」

僕は魂が半分抜けた気持ちで、先輩の涼しげな顔を見た。

「かんっぺきに忘れてました。日付なんて、こっち来てからあんまり気にしてなかったし。ていうか、なんで先輩が、僕の誕生日なんか覚えてるんですか」

「アホ、忘れられるか。『七夕の翌日なんて何でもないし、しかも生まれた時間が午前九時きっかり。七・八・九ですよ』なんて真顔で言われたら。よう忘れんわ」

「うわあ……。そういえば、部活の後にそんな話、しましたね。そしたら先輩が、お祝いやって言って、おやつに買ってあった購買のあんドーナツを分けてくれたんでした」

遠い日の思い出がたちまち甦り、僕の口の中に、あの砂糖をたっぷりまぶしたつぶあんぎっしりの、脂っこいのに美味しいドーナツの味が甦って、胸がギュッとなる。

「覚えてて、くれたんだ……」

誕生日が、嬉しくも何ともない日に変わってしまったのは、いつからだろう。

子供の頃は、ご馳走とケーキと、両親や祖父母から貰えるプレゼントをあんなに楽しみにしていたのに。

そして、今。

先輩が、わざわざここに僕の誕生日を祝うために連れてきてくれたんだと知って、久々に、ビックリするくらい嬉しい。

僕の表情で胸の内なんてお見通しなんだろう。先輩はちょっと自慢げに笑った。

「プレゼント言うても、ほしいもんを訊いて買ってやってもおもんないし、かといってほしくもないもんをもろても困るやろ。そやから、消えもんがええなと思うて、ここの飯を奢ることにした。だいぶ奮発したから、目いっぱい食えや」

「奮発って、もしかしてコース料理？」

「そらそうやろ。誕生日祝いや言うたら、店の人が、個室空いてるからって言うてくれはったんや。ほら来たで」

「ん？　わあ！」

決してわざとではなく、ごく自然に驚きの声が出た。

クラシックな白いエプロンをつけた女性の店員さんが両手で恭《うやうや》しく持ってきて、回転テーブルの上に置いた大皿には、真っ赤な伊勢《いせ》エビが載っていた。

たぶん下にはポテトサラダが敷かれていて、その上にスライスした茹《ゆ》で伊勢エビの身がズラリと並べられている。両側を飾るのは、トマトとキーウィの輪切りだ。

キーウィとはなかなか斬新だけれど、色合いがとても華やかで、伊勢エビとのコントラストがいい。

前菜はそれだけではない。

カニの脚の身を味付けしたものや、クラゲと胡瓜《きゆうり》の和《あ》え物や、ピータンや、茹で鶏《どり》、牛タン冷製、大きな貝柱を薄切りにして野菜を添えたもの、白身魚のフライ、煮たアワビなどなど。

色々ありすぎて、さっきから視線がまったく定まらない。

「せ、先輩」

「何や、上擦った声出して。ビビったか」

「ビビりました……。ちょっと奮発しすぎたんじゃないですか？　凄いですよ、二人分の量じゃないって」

「それが神戸の中華や」

先輩は、何故か自慢げな顔をする。

「量が多いのが？」

「ちゅーか、メインディッシュは、前菜盛り合わせからフカヒレあたりまでや。あとは汁もの生もの以外は、美味しく食えるだけ食うて、残りは持って帰って、次の日にまた家で食うんも楽しみのうちやねん」

「へえ……」

「腹減っとったら、最初に食うもんがいちばん旨いやろ？　せやから、これが前菜やけどメインみたいなもんなんや。店の顔やな」

「なるほど」

先輩が頼んだ瓶ビールが運ばれてきて、僕と先輩のグラスが手早く満たされる。過剰なことは何一つしないが、そつのない、的確なサービスだ。

「ほな、おめでとうさん。……その、誕生日と、完全にではないかもしれへんけど、スランプ脱出の祝いっちゅうことで」

「あっ、ありがとうございます！」

先輩が軽く腰を浮かせて差し出してくれたビールのグラスに、僕も慌てて立ち上がり、グラスを当てた。チン、という軽い音がする。

「さて、ほな食おか。……ひとりだけやけど、本日の主賓やからな。お先にどうぞ」

「マジですか。うわあ、これは行儀悪くても、迷い箸必至ですよね」

「ひととおり取ったらええやないか。二人やから、わざわざ取り箸は使わんでええで」

「では、お言葉に甘えて！　お先です！」

僕は立ち上がったまま割り箸を取り、手当たり次第に取り皿に取った。

そう、僕はバイキングでは張り切って取りすぎて、皿の上がごちゃごちゃになるタイプだ。

でも、取り皿が最初から二枚用意されていたおかげで、大惨事は免れた。

「待たんでええから、はよ食え」

先輩も、僕に続いて料理を取りながら、僕のリアクションを思いきり楽しみにしているらしい顔で勧めてくれる。

「じゃあ、お先にいただきます！」

皿の上は賑やかだけれど、やはり最初に食べるべきは、存在感抜群の伊勢エビだろう。

紅白だんだら模様の伊勢エビの薄切りにはマヨネーズがほどよくかかっていて、歯ごたえがとてもいい。

捻らない、美味しい伊勢エビとしか言いようのない味だ。

下に盛られていた、コロコロ切りの胡瓜と人参《にんじん》が入ったポテトサラダと一緒に食べると、これまたいける。トマトは言うまでもなく、キーウィも不思議と合う。

蟹《かに》身はやわらかな味の甘酢と刻み生姜で味付けしてあり、黄色くてコリコリしたクラゲには、細切りの胡瓜を合わせ、ピリッと辛子がきいている。

ピータンも、煮卵も、旨い。

蒸し鶏はしっとりしていて葱とよく合い、魚のフライには、ちょっと甘めの下味がついていて香ばしい。

大きな貝柱も新鮮でサクッとした歯触りがたまらない。

どれも高級でありながら、少しも気取らない素直な味だ。

「旨いです。確かにメインディッシュ感半端ない」

「そうやろ。俺の祖母の贔屓《ひいき》の店やったんや。子供の頃に何度か連れてきてもろた」

「へえ。横浜《よこはま》の中華街と全然味が違うなあ。あっちは外国料理って感じがしますけど、こっちは何だか懐かしい味」

「神戸の中華は、素材の味をとことん大事にしようからな」

僕の反応に満足げに同意しながら、先輩はせっせと箸を動かしている。

先輩は高校時代からあまりガツガツ食べるタイプではないけれど、小食でもない。

僕たちはそれきり無言で食べ続け、真っ先に伊勢エビが、次にアワビが皿から消えた。

旨いからどんどん食べてしまって、勿体《もったい》ない。

本当は蒸し鶏だけでも、一晩、美味しく酒が飲めそうなのに。

そう思いながらも、僕たちは腹の虫に急かされるように、あんなにあった前菜を完食してしまった。

タイミング良く大皿が下げられ、すぐに蓋付きの丸みのある容器で、澄んだ色の薄いスープが出てくる。

れんげの上に恭しく載せてある刻んだ春雨みたいなものが、まさかの「ツバメの巣」だそうだ。

「噂には聞いてましたけど、現物は初めて見ました！」

僕が思わず大きな声を出すと、ウェイトレスが笑いながら、「ウミツバメが断崖絶壁に作る巣を取ってくるんですよ」と教えてくれた。

それは……何ていうか、ウミツバメにだいぶ申し訳ない。心して、ありがたく食べなくては。

ツバメの巣はほんのちょっぴりだけれど、超高級食材なんだそうだ。

それを恭しくスープの中に投入して、ぐるりと掻《か》き混ぜて食べる。他に入っているのは、卵の白身を掻き混ぜたものと、白いキクラゲで、とにかく白っぽい。そして、あっさりしていてしみじみと美味しい。

僕の知っている中華料理と全然違う。

次に出てきたのは、大きな海老を二つ切りにして、甘いソースで炒め揚げにしたものだった。

こんなご馳走を食べたらバチが当たりそうだと思いながら、僕は両手で海老を持ち、香ばしい殻ごとバリバリと齧《かじ》った……。

「はー、食べたー！　久々に限界超えた……！」

店を出て、三ノ宮駅に向かって歩きながら、僕は片手に提げた紙袋を幸せな気持ちで見下ろした。

中に入っているのは、食べきれなかった料理だ。

何しろ、あれから北京ダック、ふかひれ姿煮、干しアワビの煮物……と目を見張るようなゴージャスな料理が続き、そのあたりで僕たちの胃袋はほぼ満杯になってしまった。

そんなわけで、紙袋の中には、春巻きや蟹爪フライ、海老トースト、カリッと焼いたホタテの貝柱、水餃子、桃まん、それにサツマイモの飴《あめ》炊きなんかがぎっしり詰まっているはずだ。

先輩が「次の日にも食べるのが楽しみ」と言っていた気持ちがよくわかる。

お腹ははちきれそうなのに、既に明日が物凄く楽しみだ。

「最後に出て来た中華プリン？　すっげー不思議な食感でしたね。シュワシュワするっていうか」

「軽いババロアっちゅう感じやろ」

「ああ、それそれ。カラメルソースはないけど、うす甘くて、卵の味がして、美味しかったなあ。あれ、二つくらい食べたかった！」

「甘党の世界へようこそ、やな。確かに、腹いっぱいでも、あれだけは入る」

「あれだけはって、先輩、サツマイモと一緒に飴炊きになってた……バナナ？　餅《もち》？　それも食べてたじゃないですか」

僕が指摘すると、先輩は生真面目に説明してくれる。

「バナナの餅巻きや。あれだけはな、次の日になったらカチカチになって旨うないんや。無理してでも今日食うとくもんやねん」

「な、なるほど。それで僕にも強引に勧めてくれたんだ」

「旨かったやろ？」

「凄く」

思いきり肯定してから、俺は改めて、先輩にお礼を言った。

「先輩、今日はマジでありがとうございました。ご馳走様でした」

並んで歩く先輩にそう言って頭を下げると、先輩は笑って頷いた。

「普段、家事をやってもろとる礼もコミや。祝いにかこつけて俺もええもん食えたし、ええ誕生日祝いやったな」

「ホントですよ。先輩の誕生日には、僕がどっかでご馳走しますね」

「おう。せいぜいええ店を探しとけや」

「了解です！」

調子よく返事をしたものの、今日みたいな最高の店を探すのは、ちょっと僕には難しい。

（とりあえず、ネットの評判を調べて、ランチで偵察してみようかな。そうだ、このあたりを小説の舞台にするなら、食べ物の店だってもっとたくさん知ってなきゃだし）

そんなことを考えながら歩いていると、先輩がちょっと悪い顔でこう言った。

「おい、お前の食い物ブログに、今日のことは俺への賛辞と共に書いてもええぞ」

不意打ちされて、ピャッと、おかしな声と共に足が止まった。

「せ、先輩、僕のブログ見てるんですか、まさか」

「当たり前やろ。けっこうおもろいで、お前のブログ。小説はどうか知らんけど」

「あ、あ、ありがとうござい、ます……？」

「自分の食うたんと同じ料理が、エッセイつきでネットに載ってるっちゅうんはなかなか不思議な感じやし、そこに俺が登場するっちゅうのもおもろい」

「うっ。名前は出してないですよ」

「当たり前やろ。『先輩』で十分や。これからも楽しみにしてるで」

僕の背中をバシンと叩いて、先輩はすっかり人が少なくなったフラワーロードを歩いていく。

他の小説家がどうかは知らないけれど、僕は、身内に作品を読まれるのが、どちらかと言えば苦手なタイプだ。何だか気恥ずかしくて、萎縮してしまいそうになる。

でもまあ、食べ物関係のエッセイブログなら。

匿名とはいえ、本人にことわりなく先輩を登場させてしまったことに罪悪感があったところが、ブログに登場するのが嫌ではないとわかって、僕は胸を撫《な》で下ろす。

「まだ口ん中がちょー甘いな。駅前のドトールでコーヒー一杯だけ飲んでいこか」

振り返ってそんなことを言う先輩に、「じゃ、それは僕が奢ります！」と返事をして、僕は再び夜の町を歩き出した……。

八月

「イエエエエエエエイ！」

突然の奇声と共に、布団の上から何か重い物がどかっと腹の上に乗り、俺はグエッと苦悶の声を上げながら覚醒した。

「な……なん、だ？」

驚きすぎて心臓が胸郭から飛び出すかと思ったし、血流にアドレナリンががんがん流れ込むのが感じられる気がするほど、全身が臨戦態勢になっている。

なんという目覚めだ。

枕からわずかに頭を上げて見てみると、ボディーボードに乗って波乗りをしているようなポーズの白石が、手足をバタバタさせていた。

この場合の波は布団で、ボディーボードは俺だ。

「…………」

虚《うつ》ろな目で枕元の目覚まし時計を見ると、まだ午前十一時過ぎだった。

今日は、俺の夏休み初日だ。

特に予定はなく、基本的に家でのんびり過ごすことにしている。特に初日の今日は、豪気にも目覚まし時計をかけず、自然に目が覚めるまで寝たいだけ寝ようと、心安らかに眠りに就いた。

予想では、おやつの時間くらいまでぐっすり眠り続けるだろうと踏んでいた。

それなのに、何故後輩のボディアタックで、こんなに早く、しかも無理矢理覚醒させられなくてはならないんだ！

ゆっくりと目が覚めてくると同時に、ふつふつと怒りがこみ上げてきた。

しかし、俺がこのドアホと声を荒らげるより早く、白石は空を飛んでいるウルトラマンそっくりのポーズで叫んだ。

「だっこーう！」

「……脱肛《だっこう》？」

それはなかなかに大変だ、と、俺は自分の腹の上にある白石の尻のあたりを見た。ハーフパンツの上からではわからないが、早いうちに病院に行ったほうがいいぞと言おうとしたとき、奴はもう一声叫んだ。

「修羅場がー！　終わったー！」

修羅場？　終わった？

それが恋愛のもつれのことではないのは、生活を共にしていればわかる。ということは、もしや……。

「脱稿？」

「イエス、脱稿！」

なるほど、肛門ではなく原稿のほうか。

春先の大スランプから少しずつ脱出して、とうとう長い小説を一本、書き上げることができたんだろう。

確かにめでたいが、小説家ならぬ医者の俺には、それが他人の眠りを妨げるほどに喜ばしいのかどうか、判断がつかない。

「ていッ！」

そこで俺は勢いよく身を起こし、いつまでも俺の上でバタバタしている白石を、非情に振り落とした。

「あはははは、原稿上がりましたよ先輩！」

それでも白石のテンションは少しも下がらない。ベッドから半ばずり落ちそうになりながらも、シーツを叩いてずっと笑っている。

正直、怖い。

俺はどん引きしつつ、ゆっくりとベッドサイドの眼鏡を取り、鼻の上に載せた。

「大丈夫か？」

頭を指さして問いかけるのがやっとだ。

「だーいじょーぶでーす」

間延びした答えを口にして、白石はようやく動きを止めた。

ベッドの僅《わず》かな空き場所で猫のように器用な伸びをして、はあ、と溜め息をつく。

「よかったぁ。期限ぎりぎりだけど、これで年内に本を出せる！　何も出せない年じゃなくなった！」

「お、おう」

普段、ウィークデーは夜しか顔を合わせないので、昼間の白石がどこで何をしているか、俺は知らない。

ここ数日、夕飯時に大あくびを連発するし、眠そうな顔をしていると思ってはいたが、なるほど、小説の〆切間際だったのか。

俺には「眠い」以外の弱音を吐かなかったが、けっこうきつかったんだろう。今の喜びようを見て、それ以前のつらさがそれなりに推し量れる。

「あんまし寝てへんのやったら、がっつり寝たらどうや？」

そう提案してみたら、白石はやけに力強く「あとで！」と言った。

「あとで？」

「まずは打ち上げをしないと！」

「……打ち上げ……。どっか食いに行くんか？」

「それは、外が暑くてめんどくさいので、家で！　あり合わせで打ち上げましょう！」

「……しょう、て、俺もかい」

「当たり前じゃないですか！　さっ、打ち上げ打ち上げ！」

そう言うなりガバッと起き上がり、ベッドから飛び降りた白石は、阿波《あわ》踊りをアレンジし倒したような奇妙な振り付けで踊りながら、俺の寝室を出て行く。

「あり合わせで……打ち上げ」

まるで突然の嵐に見舞われたような気分だが、まあ、後輩が喜んでいるのはいいことだ。寝直そうにも、すっかり目が冴えてしまった。

「あんまし腹減ってへんけど……しゃーないか」

まだ半分魂が抜けているものの、ここは一つ、白石の「打ち上げ」に付き合ってやるとしよう。

俺はのっそりとベッドを出て、スリッパに素足を突っ込んだ。


顔を洗い、Ｔシャツとスエットパンツに着替えた俺がキッチンに顔を出すと、白石はまな板を出して、食パンをスライスしていた。

昨日、白石がＪＲ芦屋駅前のモンテメールで買ってきた、二斤売りのイギリスパンだ。

尼崎市《あまがさき》にある「バックハウスイリエ」が委託販売していたものらしく、駅前の書店に出掛けた白石は目当ての本を手に入れることができず、代わりに食パンとクリームパンを提げて戻ってきたそうだ。

昨日一つもらって食べたクリームパンは、優しい味のカスタードクリームがずっしり持ち重りがするくらい詰まっていて、実に食べ応えがあった。

「パンで打ち上げか？」

「ですよ。今から飯炊いてたんじゃ、時間がかかるし。あっ、先輩」

「なんや？」

「打ち上げに、食材を提供してもらっていいですか？」

「へ？　何を出したらええねんな」

首を傾げる俺に、白石はパン切りナイフを置き、調理台の上にあった小さな紙箱の蓋を開けた。中身を俺のほうに向け、いい笑顔を見せる。

「これ！　先輩がこないだお中元に貰った、高級ハム！」

俺は肩を竦《すく》めた。

「ええよ、別に。俺はただ切って食うくらいしか能がないから、好きに使うてくれ。っちゅうか、ハムサンドでも作るんか？」

「そうですよぉ。でも、打ち上げですから、特別の、とびきりのやつです」

白石はハムの箱を台に戻し、再び食パンをスライスする作業を続ける。

パンの厚みは一・五センチくらいだろうか。普通のサンドイッチにしては、やや厚い。

「特別、とびきり、ええパンが分厚いサンドイッチか」

「違いますよ、やだな。確かにいいパンですけど、凄く分厚いってわけでもないです」

「そうか？」

「トーストサンドは、パンがちょっと厚いほうが美味しいですからね」

そう言うと、白石はスライスした八枚の食パンをまな板ごと俺に差し出した。

「はい、トーストしてください。焼き上がったら、バターをたっぷりめに塗って」

「お、おう」

俺はまな板を受け取り、テレビの料理番組の助手よろしくトースターの前へ移動した。

トーストを二枚並べてダイヤルを回し、冷蔵庫からバターを取り出す。

白石はもう一枚のまな板を置いて、箱から取り出したハムの包装をハサミでちょきちょき切って開けた。

「塊のハムならではの贅沢《ぜいたく》をしますよ～」

奴は鼻歌交じりにそう言うと、ハムをこれまた分厚く切り始めた。七、八ミリはあるだろうか。そのまま食べるには、やや歯ごたえがありすぎる感じだ。

「それを、トーストに挟むんか？」

「もうひと技きかせてからです」

そう言って、白石はフライパンを火にかけ、そこに切ったハムをズラリと並べた。

「焼くんか！」

「ハムステーキです。この厚みは、塊のハムじゃないとできないですからね。ハムをもらってくれてありがとう先輩！」

「人をハムの人みたいに言うなや。……とと、第一陣が焼けよった」

俺は熱いトーストを指先で摘まむようにして皿に取った。次の二枚をトースターに入れてから、固いバターをナイフで削り取り、パンに塗りつける。

こういう几帳面な作業は、俺の得意分野だ。

白石は、弱めの中火でじっくりハムを焼く一方、もう一枚、フライパンを火にかけた。

そして、ボウルに卵を次々と割り入れていく。

「おい、幾つ使うねん、卵」

「三つずつ」

「贅沢やなー！」

「だから、とびきりのサンドイッチを作るって言ってるじゃないですか。何しろ打ち上げですからね」

何故か得意げに言いながら、白石は丹念に卵を掻き混ぜ、粗挽き胡椒《こしょう》を軽く振った。フライパンに油を引き、そこに溶き卵を流し込むと、菜箸でゆっくり大きく、休まずに卵を搔き混ぜる。

「ハム卵サンドか」

「いえいえ。ハムサンドと、卵サンドです。バターが塗れたら、パンはこっちにください」

「わかった。まな板の上でええか？」

「はい。二組分、パンの片側だけケチャップを塗ってください。好みの量でいいですけど、たっぷりめが美味しい気がします」

「ケチャップか。わかった」

言われるがままに、俺は冷蔵庫からケチャップを取り出し、トーストの上に絞り出した。

俺はケチャッパーなので、言われなくてもケチャップはたっぷり使う。しかも、横濱屋《よこはまや》本舗が復刻した、清水屋《しみずや》の有機トマトケチャップだ。

わりと食べ物に無頓着な俺だが、ケチャップだけはこれを選んで買ってくる。そのくらい旨い。

俺がケチャップを塗り終わったパンの上に、白石は、タイミングよく作り上げたふわふわのスクランブルエッグを載せた。

柔らかいが、卵にはきちんと火が通っている。ひとり卵三個分なので、実にたっぷりだ。

「これね、作りたてだとパンと卵が馴染まなくて食べにくいんで、先にこっちを作ってしばらく置くのがポイントなんですよ」

そう言って、白石はハーフパンツのポケットからスマートフォンを取り出し、何枚か写真を撮った。

きっと、彼がほぼ毎日更新しているブログ用だろう。日々の食事の写真に短いエッセイを添えたもので、俺も実は毎日愛読している。

文章が軽やかで読みやすいし、何より、結構な頻度で俺が登場するので、油断ならないのだ。

白石の目には、俺がそんなふうに見えているのか……という新鮮な驚きもある。

この家や、地元のことも、白石の目を通して語られると、新たな発見がある。

たとえば、この家の蛇口は古いので、レバーを下げたら水が出て、上げたら止まる。今はたいてい逆なので、白石はしょっちゅう水を凄い勢いで出してしまい、跳ね返った飛沫《しぶき》でびしょ濡れになるそうだ。

白石は、照れ臭いからあまりブログの話はしないでくれと言うが、見るなとは言わない。そのあたりが、小説家の心の機微という奴なんだろうか。

そんなことを考えていたら、トーストを焦がすところだった。

「うわっ、やばいとこやった」

俺は慌ててまた食パンを取り出す。二人がかりだと、トーストサンドイッチもずいぶんスピーディに作れるものだ。

「さて、ハムはこんなもんかな」

こんがり美味しそうに焼き色がついたハムを、白石はバタートーストの上に並べ始めた。ハムの端を重ね気味にしながら、一枚の食パンに三枚もハムを配置する。

「アホほど贅沢やな」

「でしょー。さらに……これ、使っちゃいますね」

白石が手に取ったのは、ハムと同梱《どうこん》されていた、小さな瓶詰めのマスタードだった。ラベルには、「ハニーマスタード（粒）」と印刷されている。なるほど、蓋を開けてみると、金色の粒がぎっしり詰まっていた。

「塗って〜塗って〜塗られて〜塗って〜」

河島英五《かわしまえいご》の名曲を罰当たりなくらい適当な替え歌にして口ずさみながら、ハニーマスタードをたっぷり塗ったパンをハムの上から重ね、サンドイッチを完成させた白石は、軽く上下のパンを手の平で押して馴染ませながら、「あ、そうだ」と俺を見た。

「先輩、パンの耳は落としてほしい派ですか？　僕はちょっと固くてもつけときたい派なんですけど」

「俺もや。落としてもうたら、勿体ないやろ」

「よかった。意見が一致しましたね。じゃあ、このままで」

どこか嬉しそうに頷き、白石は包丁でサンドイッチをそれぞれ四切れに切り分けた。

さくっ、さくっとパンが心地よい音を立てて切れていく。

どちらのサンドイッチもボリュームがあるから、大皿に盛りつけるとなかなかの大迫力だ。

「二人で食うには多すぎるん違うか」

「残ったら、またあとで食べればいいじゃないですか。残らないと思いますけど。先輩、何飲みます?」

「せやな。仮にも打ち上げなんやし、昼飲みといこか。ワインでも出したるわ」

「お、やった!」

俺は冷蔵庫の野菜室を開けてみた。

何本か貰い物のワインボトルが入っている。俺はあまりワインに興味がないので、自分で買うことは滅多にない。

「……これでええかな」

昼から赤ワインは少し重い気がして、白ワインを適当に選んで栓を抜いた。ラベルに「甲州《こうしゅう》」とあるので、国産ワインのようだ。

滅多に使わないワイングラスを持ち出し、テーブルについて、俺たちはひとまず乾杯した。

「ほな、脱稿おめでとうさん。原稿のほうな」

「ありがとうございます……つか、原稿のほうって何ですか?」

「飯時やから、詳細は省く。何しか、よかったな」

「はあ。確かに凄くよかったです」

ごく軽くグラスを合わせてから、一口飲んでみる。

味の評価が客観的にできるほど知識はないが、爽やかなワインだ。軽くてフルーティで、いい意味であまり凝っていない味がする。

「ん、旨い。昼から飲んでも罪じゃないような味がする」

作家の表現力をもってしてもその程度なら、俺の感想もそう悪くない。

そんなことを思いながら、早速サンドイッチに手を伸ばす。

まずは、やはりハムサンドを食べるべきだろう。

厚切りのハムステーキだけを挟んだサンドイッチは、断面を見るだけでワクワクする。

分厚い肉は、それがたとえハムでもテンションの上がる食べ物なのだ。

両手で持ってがぶりと齧り、何度か咀嚼《そしゃく》して、俺は思わず唸《うな》った。

ごく控えめに言って、滅茶苦茶に旨い。

なんだろう、これは。

ただ焼いたハムを焼いたパンに挟んだだけなのに、こんな旨いものが世の中にあるのかと思うくらい旨い。

トーストしたパンは、耳がカリッサクッとしていて、中は適度にもっちりずっしりしている。そのパンの重量感が、分厚いハムの噛み応えとよく合っていて、サンドイッチとしての統一感が生まれている気がする。

さらに、ハムの塩気に、ハニーマスタードの甘酸っぱさ、さらにバターの風味が合わさって、素朴なのにゴージャスな味だ。

粒マスタードのプチプチした食感も楽しい。

物も言わずに食べ続ける俺に、同じようにハムサンドを食べながら、白石はちょっと心配そうに訊ねてきた。

「どうですか？　ダイナミック過ぎました？」

俺は、ワインで口の中のものを飲み下してから、正直に答えた。

「いや、こんな旨いハムサンド、人生初や」

「マジですか。よかった～。先輩が貰ったハムがいい奴だったからですよ。パンも旨いし。こっち、マジでパンのレベル高いですよね」

「いや、確かに素材がいいせいもあるやろけど、組み合わせの妙っちゅう奴はお前の手柄や。ハム以外何も挟まんかったんが、ええんやな」

イギリスパン
厚めにスライス
トースターの番
ハムさま～♡
どーん
厚めに…(略)
じゅーーッ
ハニー粒マスタード
ぬりぬり
サンド☆
バター
タマゴ3コ
まぜまぜ
ふわふわスクランブルエッグ
ケチャップたっぷり
サンド☆
カシャ
ぜいたくやな～
できあがり❀

「色々挟むの、僕は苦手なんですよね。多くても二種類かな。ごちゃっとしてると、食べてて混乱するっていうか……」

「混乱？」

「一つ一つの食材の味がわかんなくなるっていうか……。こう、安心して食べられない感じになるんですよ」

わかったようなわからないような気持ちで、俺は「へえ」と曖昧な相づちを打った。

大雑把なようでいて、こういうところ、こいつは妙に繊細だ。だからこそ、小説家が務まるのかもしれない。

たちまちハムサンド一切れを食べてしまい、俺は次に卵サンドに手を伸ばした。

こちらも、また違う感じに旨い。

敢《あ》えて卵には胡椒しか振っていないが、パンに塗ったバターの塩気とケチャップの甘酸っぱさで、過不足のない味付けができている。完璧だ。

「お前、サンドイッチ名人やな」

簡素すぎる賛辞に、白石は顔をクシャッとさせて嬉しそうに笑った。

よく見れば、目の下にうっすら隈《くま》ができている。徹夜明け脱稿テンションという奴だろうか。

「それにしても、原稿が完成するっちゅうんは、それほどまでに嬉しいもんなんやな」

　サンドイッチを黙々と食べ、時折、よく冷えたプチトマトをつまみながら、俺はしみじみとそう言った。白石は、人懐っこい犬を思わせる顔をちょっと恥ずかしそうに赤らめて言った。

「すいません、なんか馬鹿みたいに見えますよね」

「いや、そんなことはあれへんけど。俺にはわからん感覚やからな。そこまで〆切に追われたことはあれへんし。試験前夜に近い感じなんやろか」

「ああ、それ！　限りなく近いかも。勿論、読者さんの反応がすべてなんで、書き上げただけじゃ全然話にならないですし、担当さんの駄目出しも、校正もあるし。油断は全然できないんですけど、とにもかくにも、ひとまず嬉しい！って感じです」

「なるほどなあ」

「やっぱ、馬鹿みたいでしょ。途中の段階でこんなに喜んじゃって」

「いや。なんちゅうか……ちょっと羨ましい気もするな」

「羨ましい？」

「俺の医者の仕事には、そういうキッパリした区切りみたいなもんはないからな。毎日、新しい患者さんが来て、完治してもう来んでええ患者さんもあって、絶えず循環しとる感じやろ。退職するまで、延々と永久運動や」

「あー、確かに」

「そうやって、一つ一つの仕事を、一定期間で仕上げていくっちゅうんは、なかなかよさそうやな」

「ですね。気持ち的には、区切りをつけやすいかも」

「しかも、そないにお前が心血を注ぐ小説っちゅうんがどんなもんか、ちょっと興味が出てきた。駅前の書店で買うて読むかな」

「えええ、それはやだなあ。ブログだけで止めといてくださいよ」

白石は、口元にケチャップをつけたまま、本当に嫌そうな顔をする。

その心境がよくわからず、俺は首を捻る。

「身内に小説読まれるんは、そないに嫌なもんか？」

「嫌っていうより、恥ずかしいんですよ。なんかこう、医者っぽく言うと、自分の内臓を見られるような感じ？」

「俺は眼科やからな。目ぇしか見んけど」

「じゃあ、目の裏も表も見られるって、けっこう恥ずかしいじゃないですか」

「裏はそうそう見られへんけどな」

「いや、厳密な話からは離れてくださいよ。たとえです、たとえ」

「……まあ、言いたいことは若干わかったようなわからんような……。まあ、とにかく恥ずかしいだけなんやな。実際に害を被るとかやのうて」

「そう、ひたすら恥ずかしいんです。あと、身内にあんまり過酷な評価を下されると、心が折れるじゃないですか」

おそらくはワインのせいではなく、早くも照れてちょっと顔を赤くした白石は、もぐもぐと卵サンドを頬張る。

「せやけど、身内やからこそ、普通の読者とは違う感想が出てくるかもしれへんで?」

「んー……そういうもんですかね」

「書き手を知ってるからこその評価っちゅうか。そういうんは、役に立たんのかな」

俺がそう言うと、齧りかけのサンドイッチを持ったまま、白石はもぐもぐと咀嚼を続けながら考え込んだ。

「確かに。でも、僕は打たれ弱いから、とにかく恥ずかしいと同じくらい、怖いがあるんですよ」

「俺はそこまで悪《あ》し様には言わんで?」

「手心を加えられても、それはそれで困るじゃないですか。相手に気を使わせたってことだし」

「ややこしいやっちゃなー」

「そういうもんなんだから仕方ないでしょ。いいから先輩は、ブログで我慢しておいてください」

「小説はあかんのに、エッセイはええんか?」

「そこが微妙な作家心って奴です。察してくださいよ」

「わからん」

「とにかく、今は駄目です。また気が変わったら、下読みをお願いする日が来るかもしれませんけど」

「……さよか。ほなまあ、今日のブログを楽しみにしとくわ」

俺がそう言うと、白石はホッとしたように笑った。

高一の頃から、本気で笑うときだけ、顔じゅうをクシャッとさせる癖は変わらない。

「じゃあ、はい」

そう言って、白石は最後、ハムサンドが一切れだけ残った皿を持ち上げ、俺のほうに差し出す。

「遠慮のカタマリ、俺が食うてええんか?」

「懐かしいなあ、その表現。いいっすよ。食べて、旨い以外の感想ください。エッセイに流用するんで!」

「……ホンマに旨いもんは、旨いしか出てこおへんもんやで?」

「そこは、脱稿祝いで後輩のためにひと肌脱いでくださいよ。医者っぽいコメントならおよしです!」

「医者っぽいコメントって何やねん」

あまりの無茶振りに閉口しつつも、極上サンドイッチの最後の一切れは貴重だ。

「今日はどうされました〜」

俺は外来でのおきまりの第一声を口にして、ハムサンドを頬張った。

「問診じゃなくて、感想！」

白石は盛大に噴き出した後、「あっ、でも逆においしいな。やっぱ今の、貰います」と言って、スマートフォンを立ち上げ、メモを取り始めた……。

九月

昼間はまだまだ暑いけれど、朝夕はだんだん涼しく、秋っぽい感じがする。

空には刷毛で掃いたみたいな薄い雲がかかっているし、セミよりトンボの姿が目立つようになった。

正直、夏の間は暑さに負け、買い物に行くのがどうしても嫌で、けっこうＡｍａｚｏｎと楽天のお世話になった。通販は本当にありがたい。

先輩のこの家は、周りに小さな店がたくさんあって、外食や買い食いにはいいけれど、食材を買えるスーパーとなると、ちょっと遠くになるのだ。

先輩はあんまり自炊をしない人だったみたいで、僕がそう言うと、ちょっとビックリした顔で「なんやったら自転車でも買うたろか」と言ってくれたけれど、僕は実は自転車には乗れない。

幼い頃に挫折して、それきり自転車に近づかなかったら、結局、乗れないまま大人になってしまった。

先輩はそれを聞いて凄くニヤニヤして、悪い顔で「補助輪つけたらええやないか。それ

とも三輪車にしとくか？」と言ったけれど、どっちも格好悪すぎて嫌だ。

結局、阪神芦屋駅前の「パントリー芦屋店」か、ＪＲ芦屋駅前のコープかモンテメールあたりまで徒歩で出向いて、買い物を済ませ、袋を提げてまた戻ってくることになる。

けっこうロングツアーだけれど、普段、パソコンに向かってじっと座っていることが多い僕には、ちょうどいい運動だ。

東京で住んでいた街と芦屋の違いは、なんといっても人の数だ。

当然、芦屋のほうがずいぶん少ない。そうはいっても、阪急、ＪＲ、阪神、それぞれの駅前にはそれなりの賑わいがある。

ただし、先輩の家のあたりは、夜になるとけっこう人通りが途絶えて、寂しくてちょっと怖かったりもする。

東京では、夜どんなに遅くても走っている車があり、開いている店があり、働いている人たちがたくさんいた。

芦屋に来てから、夜はみんな寝るんだなあ……という、よく考えれば当たり前の感覚が戻って来た気がする。

とはいえ、僕はこっちに来ても、相変わらず夜型だ。

世の中には、朝起きて夜寝る作家さんも多いと聞くし、せっかく普通の社会人時間で生活している先輩の家でお世話になっているんだし……と一度は朝型を試みてみたけれど、たちまち挫《くじ》けた。

やっぱり、日付が変わる頃から本気を出して、朝、先輩の朝食を用意して寝て、昼に起きて家事をしたり、夜の執筆に備えて調べ物をしたりするというスケジュールが性に合っている。

何より、同じ睡眠時間でも、夜に寝るより、朝の光の中で寝るほうが、贅沢なことをしているという気持ちになれるのがいい。

そんなわけで、今日も昼過ぎにノーアラームで目を覚ました僕は、脱いだものを洗濯機に放り込んでスイッチを入れ、台所で冷えたトマトジュースを大きめのコップでごくごく飲んでから、掃除を始めた。

小さいといっても二階のある一戸建てだ。掃除機をかけて、モップにウエットシートをつけて軽く拭き掃除をするだけで、ラジオ体操代わりのいい運動になる。

先輩の家に転がり込んで五ヶ月も経つと、生活にもルーティンができてきて、なかなかいい感じだ。

途中、宅配の荷物などを受け取ったりしつつ家の内外の掃除を終える頃には、洗濯が終わっている。洗濯物を干し、ほどよく身体が解れて頭が覚醒し、胃袋が少し食べ物を欲するようになったあたりで早めのおやつの時間到来、という美しい流れ。

我ながら惚《ほ》れ惚れする。

先輩がお中元にもらったアンリ・シャルパンティエのテリーヌ型のフルーツゼリーを一つもらって食べながら、今日はどこに買い物に行こうかなと考えていたら、スマートフォンがＬＩＮＥの着信を告げた。

先輩からだ。

画面には、メッセージの代わりに、カレーのスタンプがぽつんと表示されている。

仕事中に送ってきたんだろう。文字は一切なしだ。

つまり、これは……。

今夜はカレーが食べたいとい要望だろうか。

「スタンプで晩飯のリクエストって、新婚家庭の旦那かよ」

思わずツッコミを入れつつ、考えてみれば、この家に来てからまだ一度もカレーを作ったことがなかったと気づいた。

カレーは大好きだけれど、実はＪＲ芦屋駅前のモンテメールには、「ナワ・シャンティ」という旨いインド料理屋がある。

僕らのお気に入りはバターチキンで、これに、キャベツの千切りを主体とした、スパイシーだけれど甘みのあるトマトベースのドレッシングがたっぷりかかったサラダ、フカフカ部分とサクサク部分を兼ね備えた大きなナン、さらには鉄板に載ってじゅうじゅう言いながら出てくるタンドリーチキンでも添えれば、大満足の食事になる。

外食先としてわりと定番の店なので、家でわざわざカレーを作る機会がこれまでなかった。

(なんでまた急に、家で作ったカレーが食べたくなったんだろう。あ、あれか)

そういえば数日前、第二国道沿いのロイヤルホストで晩飯を食べたとき、先輩がカレーの話を始めたんだった。

「そう言うたら、ロイホで毎年夏にカレーフェアをやるやろ。あれが地味に楽しみなんや」

先輩がスイーツ以外の食べ物に執着することはあまりないので、僕はちょっと驚いて訊き返した。

「ロイホのカレーが好きなんですか?」

先輩は、こんがり焼けたコスモドリアを慎重に吹き冷まして頰張りながら頷いた。

「ロイホのカレーは安定感あるからな。インドカレーは他に旨い店があるから、ロイホでは欧風カレーを食いたいな」

「あー、わかります。ロイホの欧風カレーって、あれですよね。出版社のパーティが高級ホテルであるとき、必ずバイキングのラインナップにあるカレーの味」

僕がチキンのグリルをナイフで切り分けながらそう言うと、先輩はよくわからないと言いたげな顔で首を傾げた。

「出版社のパーティはわからんけど、俺らで言うたら、学会の懇親会で出るカレーみたいな感覚か」

「たぶん。なんか、ああいう感じのマイルドでリッチなカレーじゃないです？　そんなに大量に食べなくても満足できるような」

「言われてみたら、そうやな。俺、あんましからいカレー苦手やねん」

「そういえば、『ナワ・シャンティ』でもいつもマイルドを指定しますよね。僕はレギュラーくらいでいいと思うんですけど」

「いや、そこはマイルドや。素材の味が生きるんは、スパイス控えめやで」

先輩は大真面目な顔できっぱりと言い切った。

スパイス控えめを求めてインド料理を食べに行く人はそう多くないと思うけれど、ツッコミを入れるのはやめにして、僕は曖昧に頷いてチキンを頬張った。

皮までカリッと焼けていて、ぷりっとしたもも肉には、バター醬油ソースが滅茶苦茶合う。半熟の目玉焼きも嬉しい。

先輩には、「鶏肉を焼いただけのもんを店で食うたら、損した気ぃせえへんか？　お前やったら作れるやろ」と言われたけれど、絶妙な焼き加減と、この和風のソースが、家ではなかなか真似できないプロの技なのだ。

「幸せそうに食うなあ」

笑う先輩も、凄く嬉しそうにドリアを口に運んでいる。

どこまでも甘党な先輩が、ロイヤルホストに来るたびにコスモドリアを食べたがる理由を聞いたことはなくても、だいたい察しは付く。

ドリアの具材としては珍しい、ほんのり甘い栗が入っているからに違いない。

だって、スプーンに栗が入ったときの先輩の顔が、あからさまに喜んでいるからだ。

先輩は、普段、別に不機嫌そうではないものの、キリッと引き締まった顔をしているくせに、好きなものを食べるときは表情が和らぐ。自覚はないようだけれど。

「せやけど、ひとり暮らしを始めてから、いわゆる家庭のカレーは食うてへんなあ」

意外な言葉に、俺はキョトンとした。

「先輩だって、料理全然できないわけじゃないんでしょ？　カレーくらい作らなかったんですか？」

「いや、カレー作ると、どうしても鍋いっぱい出来てしもて、何日も食い続けんとあかんやろ。俺、同じもん食うんは二日が限度やねん」

「あー、なるほど。カレーとカレーうどんは同じものの括《くく》り？」

「そらそうや」

またキッパリ言われてしまった。

なるほど、そういうことなら理解できる。

「でも、今は僕がいますから、鍋いっぱいできても、二人がかりなら二日できっちりなくなりますよ」

「お、ホンマやな。お前、カレーは得意か？」

「得意ってほどじゃないですけど、まあ普通？」

「普通て……ビーフカレーか？」

「僕が普段作るのは、チキンですね」

先輩は僕の前の皿を見て、小さく噴き出した。

「どんだけ鶏肉好っきゃねん」

「いや、だって安いから、鶏肉。美味しいですよ、チキンカレー。僕、けっこう丁寧に作りますし」

「ほう。ほな、そのうち食わせてくれや」


どうやら、先輩の「そのうち」は、今日のことだったらしい。

「ちょっと自慢しちゃったからには、作らないとな」

呟いて、僕はＬＩＮＥで「了解！」のスタンプを先輩に返した。

身支度をして、さて買い物へ行こうと家を出たところで、僕はふと、とある店のことを思い出した。

そうだ、カレーを作るなら、試してみたいことがある。

食材を買うついでに、その店で買い物をする絶好のチャンスだ。

「よーし。今日はJR芦屋駅を目指そう」

まだ陽射しには夏の気配が残っているけれど、目的がハッキリしていれば、道行きもそうつらくはない。

僕はなだらかな六甲山系を目の前に見つつ、緩やかな上り坂をウキウキした気持ちで歩き出した。


「帰ったでー」

午後七時過ぎに戻ってきたスーツ姿の先輩からは、いつものように、ふわっと病院の匂いがする。

たぶん、消毒薬の匂いなんだろう。不思議と嫌いじゃない。

高校時代の先輩からは、よくシーブリーズの匂いがしたなあ……と変なことを思い出しながら、僕は作業の手を止めずに挨拶を返した。

「おかえりなさーい。リクエストどおり、ただいまカレー作成中でっす」

「お、やった。せやけど、まだカレー臭はせえへんな」

鼻をふんふんさせながら、先輩は台所に入ってくる。

「そんな、加齢臭みたいに言わないでくださいよ。カレールーを入れるのは、もうちょっと後です。今、野菜を煮込みながら、ほら、鶏肉むしり中なんで」

「あ？　鶏肉むしり中？」

先輩は、僕が手を突っ込んでいるボウルの中を覗き込んで、形のいい眉を軽くひそめた。

「鶏肉のカレーて言うてたんは、手羽のことか」

　僕はちょっと得意になって頷く。

「そうです。丁寧に作るって言ったでしょ」

「丁寧に？　手羽を煮て、身をむしっとるだけ違うんか？」

「ノンノン」

　僕は鶏の脂にまみれた人差し指をチッチッと振り、先輩のために説明を始めた。

「まず、ニンニクの皮を剝いた奴を一かけと手羽を、少しの油で焼き付けます。じっくり、皮目にこんがり焼き色がつくまで焼きましょう」

「なんでいきなり料理番組みたいな口調やねん」

「そのほうが調子がいいからですよ。焼き上がったニンニクと手羽を沸騰したお湯に放り込みます。それから人参を適当に切って投入。あと、タマネギ一つを適当に切って犠牲に」

「犠牲に!?」

「とろけちゃいますからね」

「あー、なるほどな」

「ジャガイモは素揚げにしておいといて、その間にコトコト煮込んだ鍋から、手羽を取り出します」

「そのボウルん中に入っとる奴やな」

「そうそう。触れる程度に冷めたら、骨と皮を外して、身だけを鍋に戻します。今やってる作業ですね」

「骨はともかく、皮も外してしまうんか」

「僕はあんまり得意じゃないんで。先輩が好きなら、入れてもいいですけど」

「いや、俺も好かん。皮の食感がどうもな」

「わかります。そこ、一致しててよかった～」

そう言いながらも、僕は次々手羽から肉を外し、鍋に入れる。先輩は、納得した様子で頷いた。

「なるほど、大量の手羽で出汁《だし》を取るんやから、贅沢なカレーやな」

「手羽の肉って、少ないですけど、出汁を取ったあともカスカスにならないんですよね。あ、この作業、もうちょっとかかるんで、先に風呂溜めて入ってくださいよ。上がる頃には、カレーの姿になってますから」

「手伝うこと、ないか？」

「ないない。家主特権の先輩特権で、ゆっくり入って来てくださいよ」

「ほな、お言葉に甘えまして」

先輩は珍しく鼻歌を歌いながら、キッチンを出ていく。よっぽどカレーが楽しみらしい。

（こりゃ、頑張って旨いやつを作らなきゃな）

僕は、手羽先から身を外す作業をさっさと終えるべく、手を動かすスピードを三倍速にした……。


そして、四十分後。

「じゃじゃーん！」

僕は自前の効果音付きでカレー皿をテーブルに運んだ。

ビールを出して待っていた先輩は、「おおお！」とリアルに歓声を上げてくれた。

ファーストインプレッションはバッチリだ。

それもそのはず、炊きたてご飯ととろっとしたチキンカレーだけでも我ながら魅力的なのに、その上に、本日のスペシャルアイテムがでーんと載っかっているのだ。

そう、僕がＪＲ芦屋駅近くまで足を延ばして買ってきたのは、「あしや竹園」のコロッケだ。

芦屋で有名な精肉店の一つで、但馬牛《たじまぎゅう》の目利きに定評があり、なんと一個百十八円のコロッケに、但馬牛が投入されているというゴージャスな逸品だ。

基本的に店頭でじゃんじゃん揚げて販売しているコロッケだが、「三十分以内に帰る」と約束すれば、生で分けてくれる。

それを揚げて、熱々のところをカレーに載せたというわけだ。

「これは……理想のカレーやな」

先輩の賛辞が耳に心地よいが、それを言うのはまだ早い。

「食べてから言ってくださいよ。ほら、福神漬けとラッキョウも用意しました」

「万全やないか。……ともかく、お疲れさん」

早く食べたそうな顔で、それでも先輩は、僕のグラスにビールを注《つ》いでくれる。僕も注ぎ返して乾杯し、一口飲んでから、僕たちはほぼ同時にスプーンを手にした。

「ほな、いただきます」

「どうぞ！」

僕はスプーンを持ったまま、先輩の手元に注目する。

先輩はまずは薬味を使わず、コロッケも避けて、ご飯とカレーを一口分丁寧に合わせ、スプーンで掬って口に運んだ。

何度かモグモグしてから飲み下し、ビールをまた一口飲んで、今度は僕の顔を真っ直ぐ

見て言ってくれる。

「理想のカレーや」

「理想のカレー、いただきましたっ！」

俺はスプーンを持ったままガッツポーズする。

「あ、でも、ルーは中辛と甘口を混ぜたんですよ？　中辛の『こくまろ』と、甘口の『ディナーカレー』。あと、なんか聞いたことのないカレールーがあったんで、『コスモ直火焼きりんごカレールー』って奴もちょっと混ぜました」

「カレールーって混ぜるもんなんか？」

「僕は混ぜるの好きですけどね。単品で作るより、深みのある味になる気がします。気がするだけかもしれませんけど」

「いや、確かにそうやな。ええ味になっとる」

「よかった。ただ、ルーがどれも中途半端に余るから、近いうちにまた作らなきゃですけど。もうちょっと寒くなったら、カレー鍋にしてもいいかな」

「それもええな。……ちゅうか、カレールーの甘口とはまた違った、ほんのりした甘さがあるんは何や？　リンゴか？」

「ハズレ。何だと思います？」

「ヨーグルト？」

「ぶー」

「何やねん。教えろや」

「カルピス」

「……マジか」

「マジです。カルピス原液をちょっと入れると、優しい味のカレーになります」

「……お前、小説家より料理研究家になったほうがええん違うか？」

「それ、担当さんにも読者さんにも時々言われます。喜んでいいかどうか悩むとこなんで、飯んときはやめてください」

「お、おう。すまん」

「あと、コロッケにはこれをお好みで」

先輩に押しやったのは、「ヒカリ　ウスターソース」の瓶だ。

いかりスーパーマーケットで見かけて何げなく買ったら、味がドンピシャで好みだった。スパイシーだけれど甘みがあってサラリとしていて、絶対カレーにもコロッケにも合うはずだ。

先輩はソースの瓶を手に取り、視線を僕に移してニヤッと笑った。

「こういうときにウスターを出してくるとは、お前もやっぱし関西の人間やな。東京に魂売ったんかと思うとったけど」

「まさか！　言葉以外は、生粋の関西人ですって」

「ほんまか〜？」

疑いつつ、先輩はコロッケにたらりとウスターソースをかけ回し、福神漬けをたっぷり添えて、コロッケとカレーを合わせて頬張り、唸った。

「最高や。お前、ほんまにカレー名人やな」

「結構いいでしょ。……あ、旨い。竹園のコロッケ、マジで旨い」

初めて食べる竹園のコロッケは、衣がカリッとしっかりしていて、ジャガイモと牛肉にもほどよく下味がついている。

そこにウスターソースとカレールーの味が馴染むと、べらぼうに旨い。

「コロッケだけやのうて、ルーも旨い。トマトも入ってるんか？」

「鶏の出汁をけっこう煮詰めて、トマトの水煮缶を入れるんですよ。トマトは手でこう、ぐしゃっと潰して」

「凝っとるなー」

「トマトからもいい出汁が出ますからね。うまみカレーって感じ」

「ホンマや。これは……明日はカレーうどんか？」

「ですね。僕の好きなカレーうどんは、出汁で割らずに、釜揚げうどんにカレールーをそのままかける方式なんですけど」

「俺もそうやで。出汁で割るんは勿体ないやろ、こんな旨いカレー」

「あざっす。明日はちょっとアレンジして、茄子の素揚げと半熟の目玉焼きを載っけるってのはどうですか？」

「どうですかもそうですかも、そんなもんただの最高やろ」

「ですよねー！　あっ、しまった。食べる前に、ブログ用の写真を撮らなきゃだったのに」

「待ちきれずに食うてしもた写真っちゅうんも、臨場感があってええやないか」

「それもそうっすね」

　ちょっと行儀が悪いけれど、一口食べてしまったカレーをスマートフォンで撮影した僕は、写真に写り込んだ段ボール箱に気付いて、先輩に言った。

「昼間に荷物が届いてましたよ。食品って書いてあったから、テーブルの端っこに置いたんでした」

「荷物？　俺宛か？」

　不思議そうに細長い箱を見た先輩は、伝票の差し出し人を見て、「ああ」と声を上げた。

「ええもんが来たわ。デザートは、俺が提供したろ」

「マジですか。何だろ、楽しみだな」

「せやけど、まずはカレーや」

そう言うと先輩は再びスプーンを手に取り、ざくっと良い音を立ててコロッケを割った。

「ほんまは軽くお代わりしたい感じやけど、腹いっぱいになったら、せっかくのデザートを満喫できへんからな」

そんなことを言いながら段ボール箱を開けていく先輩を、僕は食器を片付けながらチラチラと見る。

「皿とか出しましょうか?」

「いや、要らん」

段ボール箱から先輩が取り出したのは、やはり細長い紙箱だった。のし紙には、いがつきの大きな栗が描いてある。

「秋っぽいな。栗を使ったお菓子ですか?」

僕がそう言うと、先輩は何故か得意顔で否定した。

「違う」

「えー、でも、栗の絵が」

「栗を使ったお菓子やない。栗のお菓子や」

「……はい?」

「百聞は一見にしかず、や」

先輩は蓋を開け、薄紙をめくって、中に整然と並んでいる小さな紙包みを一つずつ、僕と自分の前に置いた。

紙包みには「すや」と書いてある。

「すや？」

「店の名前や。開けてみ」

「……はあ」

軽く糊《のり》付けされた包みを開いた僕は、「あー！」と思わず声を上げた。

中から出て来たのは、まさに「栗のお菓子」、つまり栗きんとんだった。

正月のおせちに入っている栗きんとんは、芋のペーストに栗の甘露煮を混ぜたものだけれど、これは全然違う。

本気で、栗の実だけを甘くして練り上げた、本当の「栗のお菓子」だ。

「これ、お取り寄せしたんですか？」

先輩はますます得意そうな顔で頷く。

「毎年、秋のお楽しみなんや。どんな栗の菓子より、これが旨い。世界一旨い、栗のお菓子や」

そう言うと、先輩はやたら綺麗な長い指で、濃い象牙色で、栗の粒がぽつぽつ見える、絞ったときの布の皺《しわ》がクッキリ刻まれた栗きんとんを大事そうに割った。

三分の一ほどを口に入れ、「これや」としみじみ呟く。

僕も同じようにして、貴重なお取り寄せの品を味わってみた。

栗だ。滅茶苦茶栗だ。

ほのかな甘み以外、何も加えていない、素直で素朴で、それでいて猛烈に深みのある味がする。

お茶も入れないまま、僕たちは無言で栗きんとんを大事に大事に食べた。

食べ終わったあとも、口の中には、ほっくりした栗の優しい味が残っている。

「もう一個食うてもええで」

「けど、大事なお菓子でしょう?」

「大事やけど、日持ちがせえへんねん。今日がいちばん旨いから、もう一個ずつ食おうや」

「やった！　じゃあ、お茶、入れましょうか。日本茶……もいいけど……もしかすると」

「日本茶以外に、栗きんとんに合う飲み物、あるか?」

僕は考え考え答えた。

「もしかしたら、甘さ控えめのチャイなんてどうですかね。日本茶より、さらに秋の雰囲気が出るんじゃないかな」

「チャイか。試したことはあれへんけど、意外とええかもしれんな」

先輩も、どうやら乗り気になってくれたようだ。

「じゃあ、チャイを入れて、今度こそ、食べる前に栗きんとんの写真を撮ります。僕、ソッコーで忘れそうなんで、チャイを作って戻ってくるまで覚えててくださいね」

先輩にそんな頼み事をして、僕は速やかにチャイを作るべく、再びキッチンへ向かったのだった。

十月

土曜日の夜……いや、もう日曜日になってしまった。

スマートフォンのロック画面に表示される現在の時刻は、午前〇時二十三分を指している。

俺はそれを隣にいる白石に見せ、簡潔に告げた。

「もしかせんでもアウト違うか」

「……アウトですね。終電ギリ間に合わない気がします」

自分のスマートフォンを弄っていた白石も、無表情に画面を俺に向けてくる。

縦長の画面には、ＪＲ神戸線、三ノ宮・姫路《ひめじ》方面の列車時刻表が表示されていた。

本日の大阪駅発の終電は、西明石《にしあかし》行き各停電車、〇時二十八分である。

俺たちがいる茶屋町《ちゃやまち》の一角からＪＲ大阪駅までは、そう遠くない。

とはいえ、今日の俺たちは二人とも一張羅のスーツを着込み、とっておきの上等な革靴を履き、ばかでかくて重い紙袋を提げている。走るには不向きな出《い》で立ちだ。

「この引き出物がなかったら、死ぬ気で走ったかもしれへんけど……」

「いや、あってもなくても、五分は厳しいっすよ」

「せやな。高校時代ならまだしも、三十路超えてしもたしな。無理は禁物や」

実は今日、いやもう昨日か、俺と白石は結婚披露宴に出席した。

誰のかといえば、俺の高校時代の同級生、しかも同じアーチェリー部の部長だった中西《なかにし》の結婚式だ。

正直、披露宴出席を打診する電話連絡を受けたとき、俺はあまり気乗りしなかった。

高校時代は共に部活に励んだ仲だし、卒業してからも部の同窓会で数年に一度は顔を合わせていたことを考えれば、ずいぶん薄情だと思われそうだが、考えてもみてほしい。

二十代前半からこれまで、いったい何度、友人先輩後輩同僚の結婚式に招かれたことか。ちゃんと数え上げたことはないが、おそらく両手の指は余裕で折り返すはずだ。

最初の頃こそそれなりに楽しかったが、結局のところ、誰の式に出ようと、結婚式も披露宴も二次会も、フォーマットはほとんど同じだ。

予定調和の宴会のために休日をまるっと潰した上、高額のご祝儀を払い続けることに、俺はすっかりウンザリしてしまっていた。

勿論祝ってやりたい気持ちはあるが、どうにもこうにも面倒くささが先に立つ。

おめでとうと言いつつ、先約をでっち上げて断ってしまおうかと算段していたそのとき、中西は突然、とんでもないことを打ち明け始めた。

新婦となる女性は、奴が勤務する不動産会社にこの春入ったばかりで、なんと御年十九歳らしい。

奴は俺と同級で三十三歳のはずだから、まさかの十四歳差ということになる。

俺たちが中三のときに生まれた子と結婚するなんて、いったい何をどうしたらそんなことになるんだ。

おかげで興味がむくむく湧いてきて、披露宴出席を快諾してしまった。

ついでに白石がうちで暮らしていることを打ち明けたら、中西のほうも面白がって、「あいつ、どんな風になったんだろうな。久しぶりに顔が見たい」と言い出して、俺と一緒に招待してくれることになった。

そんなわけで今日、俺と白石は二人してドレスアップし、阪急梅田駅すぐ近くのホテル阪急インターナショナルで開かれた結婚披露宴に向かった。

披露宴開始は午後三時なので、昼飯を抜かざるを得ず、俺も白石も腹ぺこだったが、さすがこのあたりでは指折りの高級ホテル、出されたフレンチのフルコースは、専門店で食べるものと比べても遜色ないほど豪華で旨かった。

その後、新郎新婦を交えた二次会を経て、アーチェリー部の面子だけで集まった三次会まで参加していたら、いつしかこんな時刻になってしまっていた。

終電がなくなるまで飲むなんて、ずいぶん久しぶりだ。

しかも、三次会までこなしたわりに、さほど酔っていない。白石も同様だ。

実は、プロカメラマンのきちんとした撮影とは別に、スナップやちょっとした動画の素人撮影を担当するはずだった出席者がまさかのドタキャンで、お鉢が新郎の後輩である白石に回ってきた。

白石ひとりではどうにも頼りないので、結局俺も手伝う羽目になり、失敗できないというプレッシャーから、二人ともろくに飲めないまま二次会を終えることになってしまった。

新郎新婦が去り、知った顔ばかりの三次会では思いきり飲もうと思っていたのに、今度は思い出話と披露宴の感想語りが弾みすぎて、さほど杯を重ねることなくお開きになった。

そして、今だ。

昼間は人でごった返していた梅田も、終電が出た後は、さすがにぐっと静けさを増す。

「しょうがないですね。タクシー拾いますか」

白石はスマートフォンをジャケットのポケットにしまいながらそう言ったが、俺は毅然《きぜん》として、その提案を却下した。

「アホ。タクシーなんか使えるか。考えてみい。夜間割増料金がかかるねんぞ」

「そりゃ、こんな時間ですからね」

「うちまでタクったら、諭吉《ゆきち》が旅立つことになるやろが」

「二人で割ったら、お互いワン一葉《いちよう》を旅立たせるだけで済みますよ」

「言うても、家に帰るだけでそんな大金が飛ぶわけやで」

「……まあ、確かに。じゃあ、どうするんです？　帰らないんですか？」

「お前、急ぎの仕事でもあんのんか？」

訊ねると、白石はキョトンとした顔でかぶりを振った。今日は鬱陶しいほど長い前髪を後ろに撫でつけているので、普段は半分隠れている目が全部見えて、何やら新鮮だ。

「や、今は切羽詰まった仕事はないです」

「ほな、別に大枚はたいて今すぐ帰らんでもええやろ。俺も明日は休みやし」

「っていうと？　カラオケボックスにでも籠もります？」

「いや、それより……俺は小腹が減ってるねんけど、お前は？」

そう訊ねると、白石は笑って同意した。

「確かに。中途半端な時間にご馳走食べましたからね。二次会では腹減ってなかったし、三次会は先輩に囲まれて喋るのに必死で、あんま食べられなかったし」

「せやろ。それやったらこの際、朝までダラダラ旨いもん飲み食いして始発を待つっちゅうんはどうや？　お前、今日は甲斐甲斐《かいがい》しく頑張っとったし、奢ったるで」

「マジですか！　ってか、この時間から始発までで、旨いもん食える店なんて……」

「ほんまはそこそこあるんやろけど、俺の心当たりは一軒だけやな」

そう言うと、白石は目を輝かせた。

白石の奴、最近、関西を舞台にした小説を書き始めたようで、どこへ行っても取材になると、これまでになくアクティブに出歩いているのだ。

そうはいっても、「おうち大好き」を有言実行している奴の「アクティブ」なので程度は知れているのだが、食べ歩きには特に関心があるらしい。

「お前の小説に出せるような店かどうかは知らんけど、とりあえず安くて妙に旨い。そんで、変なとこにある」

「どんな店でも、知ってれば、いつかネタに使えるかもしれないですし！　そこ、行きましょうよ。確かに、家に帰る分のお金で旨いもの食えたほうが幸せかも。で、始発で帰って、ごうごう寝ましょう」

「寝る表現にごうごうて、お前」

「意気込みを宮澤賢治《みやざわけんじ》的に表現してみました。さ、行きましょ。どこですか、その店」

「ええと。あっちや。行くん久しぶりやけど、たぶん覚えとる」

昼間は、秋とは思えないほどまだ気温が高いが、夜はジャケットを着ていても、頬や首筋に当たる風が冷たい。体が冷えてしまわないように、俺たちは歩き出した。

目的地は、茶屋町から少し南に下ったところにある歓楽街のひとつ、阪急東通商店街である。昭和《しょうわ》の雰囲気を色濃く残すアーケードで、決して広くない通路の両側にたくさんの飲食店やゲームセンター、カラオケ店などが並んでいる。

終電が出た後はさすがに人通りが少なく、店の多くはすでに営業終了して、中では従業員たちが片付けに追われていた。

そんな中、俺が目指すのは、やけにだだっ広く寒々しいエレベーターホールが印象的な雑居ビルだ。

「あったあった、ここや」

俺がそのビルに入っていくと、白石は訝《いぶか》しそうな面持ちで辺りをきょろきょろした。

「何か、先輩が普段行く店と、だいぶ雰囲気違うとこにありますね。ちょっと不安になりそうな感じ」

「そやろ。しかも地下や」

「ひええ。ホントにこんなとこに、お勧めの店が？」

「あんねんな、これが」

薄暗い階段を降りると、目指す店、「割鮮《かっせん》 吉在門東通《きちざいもんひがしどお》り店」がある。引き戸のガラスからは温かな光が漏れ、店名が書かれた立派な暖簾《のれん》がかかっていて、通りのごたついた雰囲気にくらべれば、格段に落ちついている。

白石は、早くも驚いた様子だった。

「いきなりちゃんとした店だ！　割烹《かっぽう》……？　居酒屋？」

「の、間を取った感じやな。入るで」

「はーい」

いい返事を背中で聞いて、俺は先に立って店内に入った。入ってすぐそこのキャッシャーに煙草の自販機があり、今どきでは新鮮な感じがする。

以前、夕飯時に来たときには大混雑だったが、さすがに今はそこまででもない。とはいえ、この時刻とは思えない、適度な賑わいだ。

俺たちは、広い店内の、カウンターに近いテーブル席に案内された。

白石の視線は、相変わらずまったく定まらない。まるで、店の内装すべてを目に焼き付けようとしているようだ。

「店の人に言うて、写真撮らせてもろたらどうや」

俺はメニューを開きながらそう言ったが、白石は笑って首を横に振った。

「いえ、写真はいいんです。今のご時世、ネットで調べれば、すぐ画像が出てきますから。それより、小説のネタにするなら、僕がどう感じたかが大事なんですよ」

「そういうもんか？」

「はい。店の中に入ったときの温度感とか、店員さんの態度とか、漂ってくる匂いとか、椅子の座り心地とか。来ないとわかんないでしょ？　勿論、ここは撮っておこうと思ったものは、スマホで撮りますけど、まずは、『考えるな、感じろ』ですよ」

「さっきは宮澤賢治で、今度はブルース・リーか。振り幅でかいな、お前」

「あはは、それより何食べます？　この店構えだと、和食……ですよね。割鮮って何だろ。新鮮といえば、魚介類かな」

「それはどうかな」

俺は、文字がびっしり並んでいるメニューを、白石のほうを向けて置いてやった。

ページをめくる白石の眼球が、慌ただしく上下している。表情も、ワクワクから呆然《ぼうぜん》に変わっていくのが、あまりにも予想どおりで面白い。

「何じゃこりゃー」

台詞まで予想どおりだった。

「どや？」

含み笑いで訊ねると、白石は真顔で「この店、おかしい」と言い放った。

「おかしいて」

「居酒屋ばりに、和洋も肉魚もゴチャゴチャに揃《そろ》ってますよ！　刺身もステーキもお惣菜もサラダも、あと鍋料理も寿司も……フォアグラまで。しかも、やけに安い」

そこで言葉を切った白石は、身を乗り出してテーブル越しに俺に顔を近づけ、声をひそめて問い質してきた。

「ホントに大丈夫ですか、この店。おこぜの姿作りやフォアグラステーキが千円台とか、なんかヤバイもん出てくるんじゃ……」

「アホか。店に失礼やろ。っちゅうか、俺の勧める店が、そないええ加減なわけないやろ。ええから、食いたいもんを何でも頼め。時間はアホほどあんねんから」

「そう言われても、何を見ても食べたくなるなあ。茄子田楽、シーフードコロッケ、フォアグラ茶碗蒸し？　あっ、カニもある、お寿司はシメだな……あ、でもシメも色々あるんですね。参った」

「まあ、好きなだけ悩め。まずは飲み物だけ注文しよや」

そう言うと、俺は通りがかった店員に軽く手を挙げて合図した。


「今日何度目かな。かんぱーい」

「乾杯。お疲れさん」

「先輩も！」

白石は梅酒ソーダ割り、俺はハイボールで乾杯して、喉を潤した。

突き出しは、まさかの白身魚のにぎり寿司だった。小振りとはいえ、しっかり二貫が小皿に並んでいる。

以前は煮物だったと記憶しているが、こういう日もあるのだろう。小腹を落ちつかせるには、意外と悪くない。

それをつついているうちに運ばれてきたのは、ここの名物の刺身盛り合わせだ。

二人だけなので小さなサイズにしたが、それでもあれこれと華やかな一皿である。甘エビ、貝柱、鯛《たい》、イカ、マグロ……他にもパッと見何かわからない魚もあり、七、八種類くらいはあるだろうか。どれも、見るからに新鮮だ。

深夜にこれほどちゃんとした料理が、白石の言葉を借りれば、ほぼ「ワン野口」で食べられるのだから、ありがたい限りだ。

やはり、タクシー代をこちらに回してよかった。少し眠いが、たまには徹底した夜更かしもいい。

「うわー、何だこれ。東京だったら倍額は確実な気がする……えっと」

呟きながら、箸を持ってスタンバイしている白石に、俺は笑って声を掛けた。

「そんなとこで先輩後輩気にせんでええ。俺はまだ突き出し食っとるから、先に取れや」

「マジですか！　あざっす」

そう言ったが早いか、白石の取り皿に刺身がみずから飛び込むくらいの勢いで移動していく。

すべてを一切れずつ取って、白石は丹念に小皿の醬油にわさびを溶き、まずは貝柱を口に入れた。

「あっまい。歯触りはさくっとしてるのに、味はとろって感じ」

「そらよかった」

「よく、刺身はわさびは醬油に溶かずに刺身に載っけろとか言われますけど、僕はやっぱり、わさび醬油が旨いと思うんですよね」

そんなことを言いながら、白石は次に鯛の腹身を口にして、口の中の脂を酒で洗い流す。

撮影係という思いがけないプレッシャー、それに久々に会う先輩たちからあれこれ近況を詮索される緊張感から解き放たれたのだろう、いい笑顔だ。

「今日一日で、小説の読者がガッと増えたな。ええ営業活動になったん違うか」

そう言ってからかうと、白石は照れ笑いで頭を搔いた。顔が赤くなったのは、梅酒のせいではないだろう。

「やー、高校時代、先輩以外の上級生の人たちとは、あんま口きけなかったんで……。ホントは先輩と一緒じゃなかったら絶対断るくらい、無理しんどいって思ってたんですけど」

「ニコニコ相手しとったやないか」

「内心はビクビクですよ。僕、アーチェリーは好きでしたけど、成績悪かったし、体育会ノリ苦手だったから上の人たちは怖かったし。だから撮影係を言いつけられて、席にずっと座らずに済んでむしろホッとしてたんですよ。それなのに、三次会で捕まっちゃって」

「俺は一年のときのお前しか知らんけど、お前、幽霊部員て呼ばれててんてな。真面目に部活には出てくるけど、いっつも同級生の後ろにシャシャッと隠れとったたって。せやから、

「久しぶりに幽霊が来た言うて、みんな面白がっとったんや」

俺がそう言うと、白石はちょっと迷惑そうに顔をしかめた。

「幽霊ってのは酷いなあ。でもなんか、いい意味でビックリしました」

「何がや……おっと」

次の料理が運ばれてきたので、俺は自分の分の刺身を取り皿にどけた。

主に白石が悩みながら決めた料理が、一気に三品テーブルに置かれる。

だし巻き卵、アサリ酒蒸し、シーザーサラダ……ラインナップは居酒屋っぽいが、いずれも本格的な料理だ。

一口サイズに切ってあるだし巻きは焼きたて熱々で、ミョウガと大根おろしが添えられている。

よく吹き冷まして口に入れると、ふわっとした卵が抱き込んでいた出汁が溢れ出してくる。醬油を少しだけ垂らした大根おろしとの相性もバッチリだ。

「うわあ、これ幸せの味だ」

白石は大ぶりの鉢で供されたアサリ酒蒸しを味わい、しみじみと嬉しそうな顔をしている。俺も、箸を伸ばしてみた。

値段からは信じられない量のアサリが、酒蒸しというよりは吸い物のように、たっぷりしたつゆに浸《つ》かっている。

アサリの身がふっくらしていて旨いことは言うまでもないが、意外とたくさん入っているワカメが、アサリの旨味を目一杯吸い込んで、むしろこちらがメインではないかと思うくらい味わい深い。

店が混む時間帯は忙しすぎてなかなか注文を取りに来てくれない店員も、深夜だとゆとりを持って働けるようだ。視線で合図をしただけで、すぐに飲み物のお代わりの注文を訊きに来てくれる。

「いい店ですねえ」

「俺は好きな店や。気前のええ料理っちゅうんは、それだけで気分がええ」

「あっ、その台詞、いいなあ。メモっとこ。……それで、ええと何の話でしたっけ」

スマートフォンで本当に俺の言葉をメモしながら、白石は首を傾げる。

「お前が何かにええ意味でビックリしたて」

「あっそうそう」

スマートフォンを再び箸に持ち替え、白石は屈託のない笑顔で言った。

「上級生の人たち、大人になったら皆さん優しいっていうか、向こうからハードルを下げてくれるっていうか、とにかく気さくに話をしてくれたのでビックリしたって話です」

「言うても、俺らが高三のときの高一で呼ばれたんはお前だけやったから、お酌で飛び回って大変そうやったぞ」

「まあそりゃ仕方ないです。でも、注ぎに行ったら皆さん笑顔で、元気やったかとか、今どうしてるねんとか、凄く気に掛けてくれて嬉しかったですよ。僕のことなんて、誰も覚えてないいんじゃないかと思ってました。だって『幽霊部員』だし」

俺は笑いながら、これでもかというほど粉チーズがかかったシーザーサラダをそろそろと皿に取った。クルトンと炒めたベーコンが旨そうだ。

「同級生の背中に隠れとるつもりでも、なんぼ大人しゅうしとっても、お前、自分が思うとるよりは存在感あるねんで」

「そうですかあ？　僕なんて、影薄いと思いますけど」

「アホか。お前はよう、『小説家なんて、キャラクターの黒子ですよ』って言いよるし、そんなもんかなーと思うてたけど、そうでもあれへんぞ」

「っていうと」

「そんな目立つ黒子はいてへん。俺は小説家のことはようわからんけど、キャラクターっちゅうんは、何もないところからは生まれてけえへんやろ。全員、お前の一部をしょって出てくるはずや。言うてみたら、キャラクターっちゅうんは、それぞれが、お前自身の見出しっちゅうか。ズラッと並べると、お前っちゅう人間が見えてくるん違うかな」

白石は、だし巻き卵を旨そうに頬張り、首を捻った。

「言われてみればそうですね。小説家の仕事のやり方は色々だけど、僕は自分が知らない世界のことは上手く書けないんで、そういう意味では、僕とキャラクターは繋がってるはずです。あっ、ただ、恋愛だけは想像ですよ。結婚したキャラはいても、僕自身は未婚ですし。女の子と付き合ったことはそりゃ何度かあるけど、プロポーズするときの心境とか、そこに踏み出せるきっかけとか、全然わかんないですもん」

その正直な告白に、俺もつい白状してしまう。

「俺もやな。最後につきあった彼女に『そろそろ結婚を考えて』て言われたとき、つい引いてしもたせいで、まだ独身や」

「えっ、そんなことが？」

俺はうなずいた。本来なら、たとえ後輩でも他人にペラペラ喋るようなことではないが、深夜テンションで酒が入っているせいにする。

「付き合っとるときはええねんけど、やっぱし結婚となると、一応、一生添い遂げる覚悟を決めなあかんやろ。自分に伴侶が務まるやろか、こいつにはほんまに俺でええんやろかって悩んでたんが、尻込みしたみたいに思われてな。本気やなかったんやろって詰《なじ》られて、終わりになってしもた。俺なりに本気やったからこそ、悩んでんけどな」

白石も、真顔になって姿勢を正す。

「ああ、そりゃ不幸な行き違いですね」

「せやな。これも小説のネタになるん違うか？　メモってもええで」

茶化すつもりでそう言ったら、白石の奴、真剣な口調で即答した。

「いえ、僕のキャラにはみんな幸せになってほしいんで、そういうのはちょっと」

「……さよか」

どうにも噛み合わない会話が可笑《おか》しくて、俺は小さく笑ってしまう。

「中西はそういう諸々を乗り越えて、今日にこぎ着けたんやもんな。偉いやっちゃ。まさか、十九歳の花嫁が、中西と同じくらいに見える老け顔やとは思わんかったけど」

「老け顔って言わない！　凄く大人っぽいっていうか、色っぽくて綺麗な花嫁さんだったじゃないですか。お色直しが黒のタイトなドレスで、息を飲みましたよ。あれは、小説のネタに貰いたいなあ。かっこよかった。黒いドレスに白いカラーを束ねただけの、超シンプルなブーケ。式場で突然戦闘が始まらないかなって思ったくらい」

「始まってどないすんねん。とはいえ、中西もガタイがええから、戦えるタイプやしな」

「そうそう。中西先輩もかっこよかったですよ、その……貫禄《かんろく》的な意味で社長っぽくて」

「お前の表現も大概やな。せやけどまあ、十四歳も年下の女の子と結婚するにあたっては、やっぱし自分が先立つことも、自分が死んだ後に妻子が困らんようにせんとあかんっちゅうことも、重々考えたて言うとった。えらいことやなあ、所帯持つっちゅうんは」

俺の言葉に、白石もしみじみと頷く。

「先輩は、所帯持つ予定とか、ないんですか？」

問われて、俺はサラダをバリバリと咀嚼しながら曖昧な口調で答えた。

「今んとこはあれへんな。っちゅうか……」

「ちゅうか？」

「ずっと独り身は寂しいかなと思いかけたとこにお前が転がり込んで来て、特に寂しゅうもなくなってしもた。うっかり問題が解決されてしもて、今、特に結婚したいと思う理由があれへん」

「うわ」

「何やねん、うわって」

「うっかり僕もそうなんですよね。僕みたいな仕事だと、生活パターンが合わない相手と関係を維持するの、難しそうだし。先輩だったら愛情のメンテナンスとか考えなくていいんで、滅茶苦茶楽で」

「…………」

「…………」

思わず沈黙して顔を見合わせた後、先に困り顔で口を開いたのは白石のほうだった。

「僕、先輩が結婚決めたら、出て行く踏ん切りがつくなあ、とか思ってたんですけど。そんなことでもないと、何もかもが未だかつてなく快適すぎて」

「俺も、お前が『やっぱし東京でないと仕事ができん』て言い出したら、またひとりになって寂しゅうて、真剣に結婚を考えるようになるかなと思うとったんやけど」

「……ヤバイっすね」

「ヤバイな」

「でも困りませんねえ」

「困らんから困るなあ」

そんな下らないこと限りなしのやり取りの末、俺たちは同時に噴き出した。

「ラブはないのに相思相愛みたいで不気味だなあ。でもまあ、いっか。次、何頼みます？」

「不気味やけど楽やからしゃーないなあ。……腹が膨れん、食うのに時間がかかるもんにせえ。まだ二時にもなってへんぞ」

「んー……じゃあ、蓮根饅頭《れんこんまんじゅう》カニ身あん掛けは駄目だな」

「あかん。めっちゃ腹にたまりそうやろ」

「じゃあ……あ、これどうですか。活鯛荒焚《だ》き」

「それや。あと、活蒸し毛ガニもいっとこ」

「滅茶苦茶時間かかるやつ……！　しかもまたしても安い！」

メニューから顔を上げ、同時に「すいませーん」と声を上げてしまったことが妙なツボに入って、俺たちは店員に怪訝《けげん》そうな目を向けられつつ、馬鹿に陽気に注文を済ませたのだった。

十一月

「あー、駄目だ」

この数時間で書いた文章をデリートボタン一押しでこの世から葬り去り、僕はうわーん、と声に出して嘆いてみた。

家の中に誰もいないとわかっているからこそできる、三十路男の幼児泣きだ。

勿論泣き真似だけれど、気持ち的には本当に泣きたい。

十ページ分といえば、文庫一冊の五パーセントくらいの分量だ。読み手にとってはたいしたことのない量でも、書き手にとってはけっこうなものなのだ。

新しい小説を書くときは、いつもトライ&エラーを繰り返す。

特に序盤はそれが激しい。

作家以外の人には変な話に聞こえるかもしれないが、書き手である僕とキャラクターたちがまだ打ち解けていないので、お互いに距離を測りかねている感じがするのだ。

だから、書き始めても、しばらくすると「あ、なんか違う」と思い始め、その違和感が耐えられないほど大きくなると、今みたいに消して、また違う切り口で書き直すことにな

る。

何度かそれを繰り返すうち、徐々に「ああ、このキャラクターたちとはこういう風に付き合えばいいんだ」ということがわかってきて、キーを叩く手が止まることも少なくなるのだけれど、作品によって、いつそうなるかが違うのが困りものだ。

それに、今書いている、いわゆる「ご当地小説」、どうも何かひと味足りない気がする。舞台はこの辺りだから、僕が自分の五感でゲットした情報をそのまま反映できて、むしろやりやすいはずだ。だから、足りないのはキャラクターということになる。

たぶんストーリーを動かすには、僕がもっとキャラクターの色々な面を知らなくてはならない。

担当さんに提出した、いわゆる「キャラクターシート」に書いた人物設定は、勿論頭に入っている。でも、それだけでは足りない。

おはようからおやすみまでの生活パターン、あるいは生まれてからこれまでにあった印象深い出来事といった既にある設定に肉付けをして、生き生きした人物を作り上げていかないと、面白い小説にはならないように思う。

そのために、僕の場合は色んなシーンを書いてみるのがいちばん手っ取り早い。腐らず諦めず書き続けるしか、打開策はないのだ。

毎度繰り返すことだから重々わかっているけれど、停滞が三日も四日も続くと、さすがにクサクサした気持ちになってくる。

それに、ノートパソコンの液晶が明るいから気付かなかったけれど、いつの間にか室内がすっかり暗くなっていた。

時刻はまだ五時過ぎなのに、ほとんど夜だ。毎日、日の入りが早くなっていくこの時期、何となく忙《せわ》しい気持ちになるのは僕だけだろうか。

それでも、東京に比べれば、こっちは二十分近く日没が遅いそうだけれど。

「気分転換に、晩飯の下ごしらえでもしよっと」

僕は席を立ち、部屋の灯《あか》りを点《つ》けてから、ノートパソコンの電源を落とした。

先輩の家に来てから、僕の仕事場はずっとダイニングテーブルだ。

担当編集さんには「主婦の作家さんみたいですね」と笑われたものの、これがやってみるとなかなかいい。

何しろ書き物用の机と違って、ダイニングテーブルは大きい。この家のダイニングテーブルは四人掛け用だから、作業スペースがたっぷり取れる。資料を積み放題、広げ放題だ。

しかも、毎日片付けなくてはいけないから、散らからない。それも、僕にとっては気持ちのいいことだ。

あと、予定外のメリットだったのは、台所が近いこと。

お茶を入れるのもすぐだし、今みたいに食事の準備に取りかかるのもすぐだ。移動距離が短いと、思い立ったらすぐ行動に移れていい。

「はー、今日も買い物行かなかったから、何作ろっかな」

冷蔵庫を開け、食品庫を開け、僕はうーんと唸った。

何故か、原稿に詰まっているときは単調な作業がしたくなる。

そういう意味では餃子がベストなのだが、さすがに皮の買い置きはない。皮から作るとなると、僕の腕前ではちょっと無理めのチャレンジになってしまうし、先輩が帰ってくるまでに間に合わない気がする。

「もうちょっと簡単な単調作業……あっ」

そういえば昨夜、先輩が「帰り道が結構寒うなったから、そろそろ鍋の季節やな」と言っていた！

よし、さっそく鍋だ。

しかも、淡々と作業ができる鍋がいい。そうなると……。

僕は小さめの片手鍋に水を張り、火にかけた。

それが沸くまでの間に、家じゅうの戸締まりをする。

あちこちシャッターを下ろし、カーテンを引いてキッチンに戻ってくると、ちょうど鍋の湯がくらっと来ているので、手を洗って、湯の中に緑豆春雨を投入する。

春雨の仕上がりを待つ間に、白菜をざくざく切って、エリンギも薄切りにする。

デザートも忘れない☆
はるさめ
煮つまった時
無心になれる
単調作業。
材料が
鍋にピッタリ
収まると
気持ちいい。
エリンギ
白菜
豚ロース肉
しゃぶしゃぶ用

そして、茹で上がった春雨をざるにあげておき、戸棚を開けて、僕は肝腎の土鍋を探し始めた。

食器や調理器具は先輩のお祖母さんが使っておられたものだと聞いている。きっと土鍋くらいあるだろうと思ったのに、どうにも見当たらない。

その代わりに、ル・クルーゼのココット鍋が見つかった。ずっしり重くてオレンジ色で、いかにもル・クルーゼといった感じの、さほど大きくない鍋だ。

わりに使い込んだ感じがするから、もしかすると、土鍋代わりにこれを使って鍋物をしていたんじゃないだろうか。実際、二人用の鍋にはピッタリのサイズだ。

「さすが先輩のお祖母さん、ハイカラだな」

感心しながら、僕はそのずっしりした鍋を両手でシンクに運び、一度綺麗に洗った。それから、冷蔵庫から出してきた豚ロース肉しゃぶしゃぶ用の薄切りと白菜を鍋の縁に沿って並べ始めた。

そう、いわゆるミルフィーユ鍋だ。でも、ただ豚肉と白菜だけでは飽きるから、隙間にエリンギと、胡麻を振った春雨を挟み込んでいく。見てくれはあまりよくないけれど、そのほうが味にアクセントがついて絶対にいいはずだ。

こういう、限られた種類の食材を黙々と配置していく作業は、頭と心が空っぽになってとてもいい。原稿のせいでぐつぐつ煮詰まっていたメンタルが、リセットされていくのがわかる。

「これが終わったら、風呂溜めて、先に入っちゃおう。なんか、肩凝った……」

そう呟きながら、僕はひたすら手を動かし続けた。


「お、早速鍋か！」

帰宅して風呂を使った先輩は、スエット姿でダイニングにやってきて、カセットコンロを見て嬉しそうな声を上げた。

「はい。カセットコンロとボンベを見つけたんで、使いましたよ？」

「勿論、ええよ。俺やのうて、祖母の買い置きや。震災ん時、ガスが止まって、カセットコンロがえらい重宝したんやて」

「あー、でしょうね。なるほど、だから買い置きか……」

納得しつつ、僕は準備を済ませて冷蔵庫に入れてあった鍋を取り出してダイニングに運んだ。カセットコンロの上に鍋を置いてから、水を鍋の半分くらいまで注ぎ、鶏白湯《とりぱいたん》味のスープの素を投入する。あまり濃い味の出汁にしたくないので、量は控えめだ。

あとは、日本酒を少しだけ香り付けに足したら、蓋をしてグツグツ煮込めば、白菜から水が出て、意外と汁気たっぷりの鍋が完成する。

それをポン酢と柚子《ゆず》胡椒で食べながら、先輩は僕の顔をしげしげと見た。

「何や、疲れた顔しよるな」

「えっ。そうですか？　まだ〆切は先なんで、そんなにタイトなスケジュールじゃないんですけど」

「寝不足やのうて、消耗した顔や。仕事、上手いこと進んでへんのんか？」

「うっ」

さすが医者、鋭い。鋭すぎる。眼科の先生は、やっぱり眼力が凄い。

僕は仕方なく、ここ数日の執筆停滞について、先輩に説明した。

僕の話を聞くことと柚子胡椒の量の調節を真剣かつ同時にこなした先輩は、眼鏡をうっすら湯気で曇らせながら、「そらお前、あかんわ」と言い放った。

「あかんわって、そんな殺生な。一応、担当さんに書くって約束しちゃったから、今さら諦められないんですよ」

思わず、そんな泣き言が出る。

すると先輩は、眼鏡のレンズをティッシュで拭きながら、「そういう意味やない」と返してきた。

「じゃ、どういう意味です？」

「家ん中でウダウダ唸っとってもアカンて言うてんねん。外へ出な」

「外へ……って、どこへ？」

「どこでもええけど……そうやな。せっかくこの辺が舞台なんやろ？　キャラクターが飯食いに出ることもあるやろ」

「そりゃ、あるでしょうね」

「キャラクターが行きたがりそうな店にお前が実際に行ってみて、そいつがどう動くか、何食うて何を思うか、現地でシミュレーションしてみたらどうや？　現地で感じるんが大事やて、お前自身が言うとったやないか」

　僕はポンと手を打った。

「確かに！　僕の気晴らしにもなるし、キャラクターの反応も考えられるし、美味しいもの食べるのは楽しいですしね」

　先輩も眼鏡を掛け直し、笑って相づちを打つ。

「せやろ。お前、取材大事や言うわりに、出不精やからな。俺が言うたらんと、なかなか遠出する気にならんやろ」

「……お見通しですか」

「一年だけとはいえ、お前の先輩やってんからな。三つ子の魂百までやろ。ほんで、その小説のキャラクターが飯食いに行きたがる店て、どんなとこや？」

　そう問われて、僕は首を捻った。ストーリーがある程度進めば勿論考えることだけれど、まだそこまで到達していなかったからだ。

主役になるキャラクターの女の子のことを考えながら、僕は答えた。

「まだ顔もないキャラですけど、アジアン雑貨の店に勤めている設定なので……やっぱエスニックかな」

「エスニック言うたら、タイ料理とかか」

「僕があんまりからい料理は得意じゃないんで、キャラクターも苦手なことにしたいなあ。だから、タイ料理じゃなく……そうだなあ。ベトナム料理とか？」

そう言ってみると、先輩の目が何故かキラリと輝いた。

「ベトナム料理やったら、ええ店があんで」

「マジですか。どこ？」

「元町《もとまち》。三ノ宮の隣の駅が最寄りや」

「お、いいですね。店名は？」

するると先輩は豚肉と春雨を一緒に口に入れ、旨そうに食べてから、死ぬ程簡潔に答えた。

「知らん」

「知らんって、お気に入りの店なんでしょう？」

「いっつも店名なんか見んと入るからな。明日の昼、一緒に行こうや。連れてったるわ」

「明日の昼って、先輩、仕事……あ、明日は土曜日か」

「せや。ランチでどうや？」

「行きます！　連れてってください。先輩と一緒なら、めんどくさい度もちょっと下がるし」

「難儀なやっちゃな。ま、ええわ。俺もしばらく行ってへんかったから、あの店の生春巻きが急に食いたくなった」

苦笑いしながら、先輩はそんなことを言う。僕はちょっと興味をそそられて訊ねた。

「そんなに美味しいんですか、そこの生春巻き」

「宇宙一旨い」

「マジで」

「マジや。楽しみにしとれ。……まあ、目の前のこの鍋も大概旨いけどな」

思い出したように気を使ってくれる先輩に、今度は僕が苦笑する番だ。

「店の料理とは比べられないでしょ。でも確かに、シンプルだけど飽きないですね、この鍋。けど、シメをするにはお腹いっぱいになってきたかな」

するると先輩は、やけにきっぱりとこう言った。

「シメは明日でもええやろ。その分のカロリーを、今日はデザートに回せ」

「デザートなんて、用意してないですよ？　柿はあるけど、まだ固いし」

「俺が用意しとる」

そう言うと先輩は立ち上がり、リビングでゴソゴソしていたと思うと、平べったい紙箱を持って戻ってきた。

嬉しそうな顔で見せてくれたのは、凮月堂のスイートポテトだ。

凮月堂といえば、ＪＲ芦屋駅前にある甘味処で、和菓子と洋菓子、時にはちょっとした軽食も楽しめる、なかなかにいい店だ。

先輩に教えてもらって、僕も買い物帰りに何度か休憩に立ち寄ったことがある。

割高だけれど、にゅうめんとお雑煮が凄く旨かった。量はそんなに多くないものの、にゅうめんの出汁を一滴残らず飲み干してしまうので、意外と満腹になれる。

「あっ、もしかして、寄り道スイーツしてきたとか？」

「してへん。晩飯前にそんな失礼なことはせんて」

「そりゃありがとうございます」

「寄り道スイーツをこらえた分、デザートが楽しみっちゅうわけや」

先輩は甘党だから、スイーツを目の前にすると、子供みたいないい笑顔になる。普段が一見クールな男前だから、ギャップが物凄く面白い。

「先月は『モロゾフ』のパンプキンプリンと『カロル』のアップルパイで、今月はポテトですか」

「それはそれ、これはこれや。こいつの分、胃袋空けとけや」

「はーい。とはいえ、うっかり春雨入れちゃったから、こっちはこっちで後を引きますねえ」

「ホンマやな。汁吸った春雨て、なんでこう旨いんやろな」

そんな他愛ない会話をしながら、僕たちは、同居を始めて最初の鍋を、汁だけ残して食べ尽くしたのだった。


翌日、僕たちが元町へ向かったのは、午後二時前だった。

僕はいつもそうだけれど、先輩も休みの日は昼まで寝るので、どうしても出発が遅くなる。

目当ての店は、週末は通し営業だというので、きっと混雑するであろうランチタイムを避けることができてよかった、ということにする。

ＪＲ元町駅で降りて南下すると、すぐに元町商店街に行き当たる。

電車の中で先輩に聞いたところによると、明治初期からある由緒正しき商店街らしい。

日光が通るアーケードは明るくて、地面は煉瓦《れんが》敷きになっている。よく見ると、照明もたぶんスズランを模したデザインになっていたりして、何だかお洒落だ。

三宮商店街も活気に溢れていていいけれど、こちらも何だかしっとりと落ちついた雰囲気で、僕は好きだ。

「あ、ユーハイムがこんなところに」

商店街、特にこのエリアは神戸元町1番街というそうだが、入るなり有名店が目に入って、僕は思わず足を止めた。すかさず先輩が情報をくれる。

「こんなところにて、ここがユーハイムの本店なんやで」

「マジですか！」

「おう。二階の喫茶コーナーで、本場風にそぎ切りにしたバウムクーヘンが食える」

「へええ」

「あと、ずーっと行くと『元町サントス』っちゅう古い喫茶店があってな、そこの自家製ホットケーキも滅茶苦茶旨い」

「さすがスイーツの鬼。そそられますね。あっ、でも、まずはベトナム料理ですよ」

「わかっとるわ」

そう言いながらも、先輩は何となくユーハイムの店内をチラチラ見ながら通り過ぎる。そこからはひたすら商店街の奥へと歩き続けて、話題の「元町サントス」が見えたところで、先輩は「ここや」と立ち止まった。

なるほど、先輩が店名を覚えないのも納得だ。

店の名前は、横文字で書かれていた。

「HA LANG SON」と書いて、「ハーランソン」と読むようだ。店構えは大人っぽく黒と赤を基調にしているが、表にメニューの写真や手描きのカラフルなボードが出されてきて、そんなに気取った店ではないことを教えてくれている。

店内も、僕は行ったことはないけれど、何となくベトナムっぽいんだろうな……という感じだった。

提灯《ちょうちん》のような照明が下がっていたり、アジアンな赤っぽい木製テーブルセットが並んでいたりで、なかなかいい感じだ。こぢんまりした店だが、奥には小さなバーカウンターもある。

ランチタイムを外したにもかかわらず、店内には二組ほど先客がいた。

二階席もあるようだが、僕らは一階の二人掛けのテーブルに案内された。

女性店員がやってきて、すぐに分厚いメニューを渡してくれる。写真入りのメニューなので、知らない料理でもイメージが摑めそうだ。

「ランチメニューもあるんですね」

「あるけど、どうせやったらあれこれ食えたほうがええやろ。俺に任せてみるか?」

「あっ、じゃあ、よろしくお願いします。先輩超お勧めの生春巻きはマストで」

「当然や」

高校時代の部活中を思い出してしまうほど頼もしく、先輩はテキパキと注文を済ませてくれた。

真っ先に運ばれてきたのは、「333」と書いて「バーバーバー」と読む、ベトナムのビールだ。

ボトルからジョッキに注いだビールで、僕らは乾杯した。休日の軽い昼飲みは、小さな幸せだ。きっと、僕のキャラクターたちにも経験させてやろう。

ほどなく、「ゴイクンです」という言葉と共に、生春巻きの皿がやってきた。生春巻きを、ベトナム語で「ゴイクン」と呼ぶのだろう。

すぱっと切られた断片を見て、僕は思わずあれっと声を上げた。

「これ、僕が知ってる生春巻きとちょっと違うなあ」

「せやろ」

自分が作ったわけでもないのに、先輩は得意げに胸を張る。

生春巻きといえば、たいていは胡瓜と春雨がメインのイメージなのに、今、目の前にあるものはそうではなかった。

胡瓜は入っているものの、春雨は見当たらない。むしろ目立つのは、人参の千切りだ。ほかにも、ライスペーパーから透けて見えるように配置された海老、蟹の棒身、あとは中華料理の前菜によく使われるクラゲと……砕いたピーナッツが入っている。

「いただきます！」

僕は箸でゴイクンをつまむと、スイートチリソースをつけて頬張った。

「はわぁ」

思わず、そんな声が漏れる。

先輩が「宇宙一旨い」と言うのも道理だった。

これは、美味しい。ピーナッツの香ばしさと人参のシャキシャキした食感、胡瓜のみずみずしさ、それにクラゲの歯ごたえ。すべてがケンカせずに仲良く協力しあっている感じが凄い。

スイートチリソースともよく合うし、何よりいいのは、香菜が外に添えてあることだ。僕は香菜があまり得意ではないので、中から引っこ抜かなくていいのは本当にありがたい。

「これ、凄くいいなあ。こればっかり山ほど食べたい」

ひとり一本ずつなのが残念なくらいで、僕はつい正直な気持ちを口にしてしまった。先輩も、旨そうに食べながら僕をやんわり窘《たしな》める。

「気持ちは滅茶苦茶わかるけど、取材も兼ねとるんやろ。今日は色々食うてみな」

「そうでした。やー、これは絶対、キャラクターたちにも食べさせたい。絶対喜びますよ」

「芸能人の食レポみたいに、大袈裟《おおげさ》に『んーっ！』とか言うやつか？」

「まさか。僕の作るキャラは、ひとり飯で寡黙に味わいますよ」

「なんとかのグルメみたいやな」

「そうそう。脳内で感動するタイプ。お気に入りの大事な店には、ひとりで行きたい子なんです」

「お気に入りの店は、誰とも分かち合いとうないんやな」

「ええ。自分が好きな店や好きな食べ物を、他人に悪く言われたくない。そういうのが凄く嫌な子で、人とのかかわりを避けてばかりいて……わ、何だこれ」

謎めいた料理の皿が目の前に置かれて、僕は目をパチパチさせる。店員は、そんな僕の反応を可笑しそうに見て、「もちもちかき揚げです。ベトナムの田舎料理」と、短く説明してくれた。

基本的に愛想のない接客だけれど、まったく構ってくれないわけではないようだ。

「もちもちかき揚げ……」

確かに、揚げ物であることは確かなきつね色の物体だけれど、僕の知っているかき揚げとは明らかに違う。どちらかというと、さつま揚げみたいな見てくれだ。刻んだ韮《にら》が、彩りとして生地に混ぜ込まれている。

食べてみると、意外な食感だった。

揚げてあるので表面はサクッとしていて、一方、中は……なるほど、とろけた餅っぽい。もちもちではない、餅だ。

何味とはハッキリ表現しにくい。強いて言えば、魚介の風味だろうか。挽き肉らしきものも入っている。複雑な味わいだ。

「死ぬ程旨いかって言われたらようわからん感じやけど、よそで食うたことない料理やから、たまに物凄い食いたなるねん」

先輩のコメントが滅茶苦茶よくわかる。確かに、普段好物を問われたときにはまったく浮かばないのに、うっかり思い出したが最後、食べたくて仕方がなくなる感じの味だ。

次に来た、サニーレタスに包んで食べる、パリパリしたクレープ状の生地に野菜や肉をたっぷり包んだベトナム風お好み焼きや、空心菜のガーリック炒めも旨かった。

きっと、ベトナムの下町で食べる気取りのない料理はこんな風なんだろうな、という素直な味だ。

しめに先輩が選んでくれたのは、僕も知っている有名な麺、フォーの中でもちょっと珍しい、トマトと豚ミンチのスープフォーだった。

なるほど、スープはトマト入りで赤く、ちょっとピリ辛だ。

米の麺であるフォーは薄くてツルツルしていて、底には意外とたっぷり豚ひき肉が沈んでいる。

フォーを小さなお椀に取り分けながら、僕は、これまでぼんやりしていた主役の女の子のイメージが、ピンポイントにハッキリしてくるのを感じた。

「あの子は、こういうのを取るとき、凄く慎重にやるんです。まずスープを少し、次に麺を取って、れんげで底から豚ミンチを掬って載せる。それからまたスープ。食べるときは、じっかり麺に挽き肉とトマトを絡める」

自分も実際にそうやりながら言うと、先輩は二本目のビールを飲み干して、いつもはきつい目を和ませた。

「自分の取り鉢の中で、フォーをきっちり完成させるんやな」

「そう。で、ゆっくり味わって、小さく頷く。彼女は、ずっとそんな風に、そっと閉ざした自分の小さな世界の中で幸せに暮らしてきたんです。だけど……」

「ん？」

「自分が素敵だと思う店、美味しいと思う食べ物を、教えたい、分かち合いたいと思える人と、生まれて初めて出会う。でも、そう思っちゃうほど好きになった人に、自分が好きなものをけなされたらどうしようと思うと、凄く怖くて誘えない……ああ、見えてきた」

僕にとってはギリギリの辛さのフォーを食べているうちに、これまで今一つハッキリしていなかった主人公の女の子の顔までが、ハッキリ瞼の裏に浮かんだ。

凛《りん》としていて、マイペースで、周囲からはタフな女性だと思われてる。

でも、自分のペースを崩すことを嫌う強情さと、ひとりが寂しい、このままひとりで歳を取るのが怖いと怯えるナイーブさが同居していて、人に嫌われること、人を嫌いになることが怖くて、他人とのかかわりを避けがち……。

先輩が言っていたことは本当だ。

やっぱりキャラクターは僕の一部を持って生まれてくる。

きっと、彼女がさりげなく言う「ひとりが好きなんです」という言葉には、色んな複雑な気持ちが入り交じっているに違いない。

だって、僕がそうだから。

そして、自分自身で打ち壊すべき心の殻を、誰かが破って手を差し伸べてくれるのをじっと待っている身勝手さに、きっとまだ気付いていないのだ。

僕も、ずっとそうだったから。

「来てよかったです」

僕は素直にそう言って、先輩にペコリと頭を下げた。先輩は、シャツに飛んだフォーの汁をおしぼりでゴシゴシ拭きながら、気障《きざ》に笑った。

「ええ感じにイメージが膨らんできたみたいやな」

「はい。なんかちょっと、いい感じに糸口が見えてきました。まだまだ手探りですけど、昨日までよりはアタリを引く確率が高い手探りになりそう」

「そらよかった。ほな、夜か、明日の朝に食うとっておきのアイテムは、お前の奢りにしてもらおか」

先輩は悪い笑顔でそんなことを言う。

「とっておきって……また甘いものなんじゃ」

「いや」

「えっ、違うんですか?」

自分で突っ込んでおいて、スイーツでないことに驚く僕に、先輩は心外そうに右眉だけを上げて言った。

「俺かて、年がら年じゅう甘いもん食うて暮らしとるわけ違うぞ。腹ごなしに、帰りは三ノ宮まで歩いて、そごうの地下で……」

「地下で?」

「ピロシキ買って帰ろうや」

「ベトナム料理の後は、ロシア料理のテイクアウトですか?」

「中にゆで卵入りのミートソースが入っとって、旨いピロシキやねんで。よう行列が出来とる繁盛店や。しかも、ピロシキに音楽を聴かせて作るんやで」

また変なことを言い出した。僕は思いっきり疑いの眼差しを先輩に向ける。

「は? 音楽って、ロックとか演歌とか、そういう……?」

「いや。クラシックや。チャイコフスキーの『花のワルツ』がずっと流れとる」

「一曲限定? それ、何に効くんですかね」

「さあ? 生地の発酵に関わる菌が張り切るん違うか? 知らんけど」

真顔ですっとぼける先輩に、僕はガックリ肩を落とした。

馬鹿馬鹿しいと思う一方、凄く興味がある。

いっそ、主人公は、その行列の後ろに並んだ人物と、運命の出会いを果たす……という流れはどうだろう。勿論、ピロシキが本当に美味しければ、の話だけれど。

「じゃあ、行きますか、チャイコフスキーを聴きに」

「おう。あ、ちなみに、普通のピロシキの他に、あんこの詰まったピロシキもあるねん」

「やっぱり甘いものもあるんじゃないですか！」

「ついでや、ついで」

まったく悪びれずそう言って、先輩はフォーのスープを啜り、「舌がヒリヒリしてきたわ」と笑った……。

十二月

「でね、いかりスーパーの隣に『愛蓮《あいれん》』っていう中華料理店が併設されてて、そこのランチがけっこうお値打ちらしいですよ」

「ほーん」

「平日の日替わりもいいんですけど、週末は、海鮮焼きそばと中華粥《がゆ》と点心のセットがあるって。けっこう魅力的じゃないです？」

「そうかぁ？」

「胡麻団子、ついてるらしいです」

「そらええな！」

「やっぱし、そこが評価ポイントですか」

キッチンにいる白石と他愛ない話をしつつ、俺は買ってきた弁当をダイニングテーブルに置き、グラスを出してくる。

祖母が使っていたダイニングテーブルを、こんな風に毎日ちゃんと使うようになったのは、白石が来てからだ。

ひとりのときは外食が多かったし、家で食べるにしても、リビングのソファーでテレビを見ながらというパターンのほうが多かった。

何しろ、食べ終わったらすぐ横になれるので、具合がよかったのだ。

でも、二人だと、断然テーブルのほうがいい。横並びで飯よりは、差し向かいのほうが食べやすいし、話しやすい。

それにしても、白石が来てから、もう八ヶ月になろうとしている。

最初は一ヶ月もすれば帰るだろうと思っていたが、今やすっかり我が家に根を下ろしてしまって、俺にとっても、奴がいるのが当たり前だ。

正直、俺はこれまで、他人と長期間にわたって生活を共にするのは無理な人間だと思っていた。

実際、高校時代の修学旅行や部の合宿が我慢の限界ギリギリだったと思う。

ひとりでいられる場所と時間が絶対に必要で、そこに他人の気配があると、どうにも気が休まらない。

だから白石が来たときも、困っているらしいからしばらくなら構わないが、ストレスが溜まってきたら出て行ってもらおうと思っていた。

ところが、溜まらないのだ。

思えば、学生時代と違い、俺たちは二人とも既に社会人で、それぞれの職場（といっても、白石の「職場」は俺の家だが）で過ごす時間があまりにも長い。

夜に顔を合わせて数時間一緒にいるくらい、何でもない。

夕飯を食べて、気が向けばリビングでテレビでも見て、その後、俺は寝るし、白石はダイニングで朝まで執筆作業を続ける。

翌朝は、俺が起きて顔を洗う頃、白石が眠い目を擦りながら二階へ上がってくる……それがいつものパターンだ。

上手い具合に生活がすれ違っているので、白石の存在がまったく邪魔にならない。

あと、白石自身の性格もあるのだろう。

人懐っこくて明るいが、白石は基本的に、とてつもなく内向的だ。

出不精に加えて、家の中でも、自分の城をダイニングテーブルと定めて以来、他の場所はほとんど使わない。

家賃を格安にしたので、断捨離の流れで自然に家事を引き受けてくれたが、それも「無理はするな」と最初に言っておいたら、仕事が忙しくなったときには本当に無理をせず、できないことは思いきりよく放り出す。

実際、今日も〆切が近いらしく、夕飯の準備は難しいと言われたので、俺が仕事帰りに弁当を買ってきた。

それにお歳暮でもらった最中《もなか》仕立ての汁物を添えれば、たちまち夕食の支度は完了だ。

白石のそういうところが、俺には心地良い。

あいつが出来ないときは、やれることなら俺がやればいいし、俺もできないなら、しばらく放っておいても特に死ぬことはない。

むしろ、仕事が切羽詰まっているのに、俺への負い目から苦しい思いで家事をされても、俺としては困るばかりだ。だから、遠慮なく「できません！」と宣言してくれて、実にありがたいのだ。

「さて、食うか」

「はーい。じゃあ、せめてビール注ぎますね」

「おう、ありがとう。ちゅうか、結局俺も注ぎ返すねんけどな。せやけど、執筆中に飲んでええんか？」

「んー、一杯だけ」

「さよか。ほな、いただきます」

「いただきまーす！」

そういえば、いただきますとご馳走様をちゃんと自宅で言うようになったのも、白石と飯を食うようになってからだ、と思いながら、俺は包み紙を開き、使い捨て容器の蓋を取った。

白石も蓋を取り、「ほわー」と歓声を上げる。

「僕、てっきりコンビニ弁当買ってきてくれると思ったんですけど、違った。ご馳走だ」

「ご馳走言うほどやないけど、モンテメールが閉まる前にギリ行けたからな。売れ残った弁当を買うてきた」

「これが売れ残りだったら、まさに『残り物には福がある』って奴ですよね」

ほくほく顔で、白石は割り箸を割った。

俺がJR芦屋駅前のモンテメールの地下で仕入れてきたのは、出張販売で来ている北海道のちらし寿司だった。

いくらと蟹のほぐし身がたっぷり載っていて、華やかな見た目だ。

容器は深いが、無論、派手に上げ底なので、量としてはほどよい感じに落ちついている。

「あと、一階のアンリ・シャルパンティエでケーキも買うてきた。苺ショートやねんけど」

俺がそう言うと、口いっぱいにちらし寿司を頬張ったままで白石は噴き出した。

「ちょ、またスイーツ買ってきてる」

「今日はいつもとちょっと違うで」

「何がですか。何か特別なことでも？」

「……ん、まあな」

曖昧な相づちを打って、俺も寿司を口に運んだ。

閉店間際で二割引だったことを考えれば、まずまずいい買い物だったかもしれない。酢飯は甘めで、蟹やイクラの塩気とよく合っている。途中で少し飽きるかもしれないが、まあ、問題なく食べきれるだろう。

「まあなって何です？　ケーキ食べるような理由が……って、まさか」

パタンと音を立てて、白石は容器の上に箸を置いた。そして、両手をテーブルに置き、俺のほうに身を乗り出す。

「まさか先輩、今日、誕生日とか!?」

「……ぴんぽーん」

「ピンポーンじゃないですよ！」

白石の奴、今度は両手でテーブルを叩いた。騒がしい奴だ。

「なんやねんな」

俺が呆れ声を出すと、白石はちょっと怒った顔で言い返してきた。いつものんびり屋の白石にしては、強い調子だ。

「なんやねんじゃなくて、先輩、僕の誕生日は豪華中華料理で祝ってくれたじゃないですか！　そのとき、先輩の誕生日には僕がいい店で奢るって約束したのに。今日だなんて聞いてないですよ」

「俺もコロッと忘れとった。昼間、実家の親からＬＩＮＥで祝いを言われて、やっと気付いたんや」

「気付いたときに教えてくださいよ～。十二月八日。これからは絶対忘れませんからね！」

白石はそう言うとすぐさまスマートフォンを引っ張り出し、ピコピコと凄いスピードで打ち込み始めた。おそらく、カレンダーアプリにメモしているのだろう。

「言うたかて、お前、今日は〆切前なんやろ。前もってわかっとっても、どのみち無理やったん違うか？」

ツッコミを言えると、白石はウッと言葉に詰まる。

「それは……そう、なんですけど。気は心って言うじゃないですか！」

「なんやねん、それは。ええて、無理せんで」

「させてくださいよ！　今日明日は確かに無理ゲーですけど、そうだ、僕、死ぬ気で原稿を仕上げますから、明後日の夜！　お祝いしましょう。善は急いでリカバリーです！」

俺はむしろ困惑して、白石を制止しようとした。

「ホンマに無理せんでええで。どうせ俺の誕生日なんて、昔からクリスマスと一絡げやったからな。ついでに言うたら、ジョン・レノンの命日や」

「ジョン・レノンはともかく、クリスマスにはまだ日があるじゃないですか。クリスマスはまた別にしましょう。僕、ちゃんとお返しはしたいです」

白石はきっぱり言って、鬱陶しい前髪の下から俺を睨みつける。どうやら、本気で憤っているらしい。

俺は両手を軽く上げ、降参の意を示した。

「わかったわかった。ほな、ご馳走になるわ。で、何食わしてくれるねん？」

ちらし寿司を食べながら外食の相談とはなかなか豪気だが、そう訊ねると、白石の表情がいきなり頼りなくなった。

「あ、えっと。先輩、食べたいもの、ありますか？」

「せやなぁ」

俺はイクラと蟹を半々くらいにして、口に放り込む。蟹の味が淡泊なので、この比率だといくらが勝ってしまうようだ。

「フレンチかイタリアンて言いたいとこやけど、どっちもこの時期はクリスマスメニューやろ。野郎二人で顔突き合わしてクリスマスメニュー食うんはぞっとせんわな」

「それは……確かに！　じゃ、じゃあ、僕に任せてもらっていいです？」

急に勢い込んで、白石はそう言ってきた。

「何や、目当ての店があるんか？」

「目当てっていうか、担当さんが他の作家さんに連れていってもらって、美味しかった店があるんですって。小説の舞台にどうですかって勧めてくれたんですよ」

「俺の誕生日祝いにかこつけて、また取材かい」

「いいじゃないですか。ひとりじゃ行きにくい店だし！　付き合ってくださいよ。その代わり、お祝いだから、僕、ちゃんとご馳走しますし」

「ええけど、何の店や？」

「それは……行ってのお楽しみで。予約したほうがいいって言ってたから、電話してみます！」

そう言うと、白石は有無を言わせぬスピードで、再びスマートフォンを取った。そして、店を検索したが早いか、電話をかける。

ものの数分で、白石はスマートフォンを置き、極上の笑顔で報告してきた。

「予約取れました！　明後日、午後七時からです」

「……場所も聞いてへんねんけど」

「あっ、新地《しんち》です」

俺はちょっとビックリして訊き返した。

「新地って、北新地かいな」

「ですよ」

白石は、ケロリとした顔で頷く。

「大丈夫なんか？　主に、財布の話やけど」

北新地といえば、大阪キタを代表する高級飲食店街だ。東京にたとえれば、銀座《ぎんざ》に相当するだろうか。基本的に、価格帯が他のエリアよりぐんと高い店が多いのだ。

白石はニコニコして請け合った。

「最近は、リーズナブルな店も増えてきたそうですよ。僕が予約した店も、そこまでじゃないって聞いてます。心配しないでくださいよ」

「……せやったらええけど」

「あっやばーいってなったら、先輩に一時的にヘルプしてもらうかもしれませんけど、ちゃんと埋め合わせはしますから」

「おいおい、その可能性もありなんかい」

「ミリはあるかもです。でも、きっと大丈夫」

「……不安やなあ……。けどまあ、どこ連れてってくれるんか、楽しみにしとくわ」

「はい。僕も楽しみです。あっ、ケーキもちゃんとその日に買い直しますからね」

そう言うと、白石はいい笑顔でぱくぱくとちらし寿司を平らげていく。

いったい、どんな店に連れていってくれるやら。

後輩に誕生日を祝われるのは初めてで、いささかくすぐったいが、楽しみだ。

「まあ、ケーキに関しては、何度食うても悪いもんやないしな」

そう嘯《うそぶ》いて、俺は塗りの椀を取り上げ、水分を吸ってとろとろになった最中の皮を、箸でそろりとつまみ上げた……。

翌々日の仕事帰り、俺は白石と、ＪＲ北新地駅で待ち合わせた。

北新地なんて、上司のお供でなければ来る機会のない場所だと思っていた。

しかし、意外なくらい通りは賑わっていて、しかも、以前よりカジュアルな服装の若い世代が増えたように思う。

白石の言うとおり、リーズナブルな店が進出してきているのかもしれない。

そんな中、スマートフォンの地図アプリを頼りに、白石が俺を連れていったのは、絵に描いたような雑居ビルの四階だった。

狭い通路を歩いてたどり着いたのは、「串喝処《くしかつどころ》たけち」という小さな看板のかかった店だった。

「くし……かつ？　串カツか！」

「あったりー。僕、串カツ初めてなんで、ドキドキしますよ」

そう言いながら、白石は先に立って店に入った。

驚くほど小さな店だ。

調理スペースをぐるりと囲むようにカウンターがあり、椅子が並べてある。先客は二人で、明らかに同伴出勤の男女だった。

カウンターの中には、黒いベレー帽を被った年配の男性が立っていて、にこやかに俺たちを先客と反対側の席に案内してくれた。彼が、オーナーシェフというわけだろう。奥の厨房から、店主夫人とおぼしき女性が出てきて、おしぼりを出し、飲み物のオーダーを取ってくれる。

とりあえず二人ともビールを頼み、俺は店内を見回した。

背後にはほとんどスペースがないので、コート掛けにコートを引っ掛けると、通り抜けるのが精いっぱいだ。

ただ、中央の調理スペースがそれなりに広いので、圧迫感はない。

狭い空間で揚げ物をしているにもかかわらず、油の嫌な臭いは一切しないし、どこも清潔そのものだ。

先客のために揚げている串カツを見る限り、これは有名な新世界の串カツとはまったく別物の、いわゆる創作串カツの店のようだ。

メニューも特に訊かれなかったから、おまかせのコースなのだろう。

黙っていればどんどん串が出てきて、満足したところでストップするという仕組みだ。

ビールと一緒に、カウンターの中から、まずは野菜がセットされた。ざく切りにしたキャベツの器と、大根、人参、胡瓜のスティックを差したグラス、それに細い青ネギを差したグラスが置かれる。

それと共に、くし切りにしたレモンと、ソースの器も出された。ソースは二種類、さらっとした黒っぽいソースと、ドロリとした赤みを帯びたソースだ。塩を入れた小さな器もある。

「じゃ、改めて、誕生日おめでとうございました！」

律儀に過去形にして、白石はビールのグラスを持ち上げる。

「おっ、ありがとうございました」

俺もそれに応じて、自分のグラスをチンと小さな音を立てて合わせた。

すぐ近くに、小さなワインセラーも置かれている。ワインと合わせてもお洒落なのだろうが、とりあえず揚げ物にはビール派だ。

ビールを飲み、野菜に塩をかけたりソースをつけたりしてつまんでいると、最初の串が揚がってきた。

驚くほど細かいパン粉を使った衣で、小振りな具材を細い串で刺してある。見るからに繊細な串カツだ。

店主がカウンターの中からヒョイと手を出し、手びねりらしき無骨な取り皿に串カツを置いてくれる。

「絶対熱い奴だ、これ」

白石がそう言うと、店主は飄々《ひょうひょう》とした笑顔で「熱いですよ、気をつけて」と注意してくれた。

二人してふうふうとよく吹いてから、ソースをつけて怖々齧ると、やはり熱かった。というか、衣が薄い。

歯を軽く当てただけで衣がハラリと破れ、中から熱々の肉汁がじゅわっと出てくる。豚肉だ。しかも、おそらくは薄切りの肉をミルフィーユ状に重ねている。おかげで、とても柔らかい。

「旨い」

「旨いですね！　はー、一本目にして、すでに幸せ」

俺たちが口々に賛辞を口にすると、店主は嬉しそうにへへっと照れ笑いした。

初めての店だし、まだ間合いが計れないが、温かく迎えてもらえている感じはする。なかなか居心地のいい店だ。

そこからは、俺たちが食べるスピードを見ながら、次々と串が出てきた。

牡蠣《かき》、鶏のササミ、キスの紫蘇《しそ》巻き、子持ち昆布、牛肉、鯛の子、銀杏《ぎんなん》、レンコンにカレー味の肉を詰めたもの、白身魚と三つ葉。

すべて揚げたて熱々なのは言うまでもなく、店主がどのソースにつければいいか教えてくれるし、串によっては、最初から酢がかけてあったり、ピリッとする辛子が塗られていたりして、味に変化をつけることにも怠りない。

定番中の定番である海老は、脚の部分が残してあって、それがパリパリに揚がっている。

おかわりしたいくらいに旨い一本だった。

他にも、アスパラガス一本丸ごとに豚肉薄切りを巻いたものや、蟹爪、蛸《たこ》とセロリ、胡瓜の中にクラゲを詰めたもの、蒟蒻《こんにゃく》、チーズ、胡麻を振った赤飯や餅といった変わり種もあって、まったく飽きることがない。

具材のアレンジはすこぶるシンプルで、そこに技巧を凝らしまくった感じはないが、異なる食材が最適な揚げ具合で出てきて、確かな技術を感じさせる。

複雑な味わいに唸らされたと思ったら、次にウズラの卵を三個並べただけの単純極まりない、しかし旨い串が出てきて、ふっと心地よく脱力させてくれる。

白石と二人して旨い旨いと食べ続け、結局、ひととおりすべて平らげてしまった。食べ終わった後の串を刺しておく容器は、もはやぎゅうぎゅうだ。

おそらく、四十本近くあったのではないだろうか。

最後には、仕上げの一本として、バナナの串カツが出された。

カリッとした衣の中で完熟バナナがトロトロになってきて、シンプルだが絶品のひと串だ。

揚げ物を延々と食べ続けたにもかかわらず、まったく胃もたれすることなく、俺たちは満ち足りた気分で店を出た。

「旨かった……」

「旨かったですね！　だけど、慌てて食べ過ぎて、口の中ベロベロ」

「俺もや。それでも後悔ないくらいがっついたわ。せやけど、滅茶苦茶食うてしもたから、会計、厳しかったん違うか？　大丈夫か？」

　エレベーターを待ちながら、ふと心配になってそう訊ねると、白石はダッフルコートの胸元を叩いてみせた。

「先輩にヘルプをお願いせずに済みました！　予想の範囲内です」

「ホンマか？」

「はい。先輩がご馳走してくれた中華よりは安いと思いますよ」

「ほなよかったけど」

　小さなエレベーターが、軋《きし》みながら上がってくる。乗り込んで一階のボタンを押し、俺は言った。

「俺は海老がいちばんやったな。あの脚のパリパリ具合が忘れられへん。お前は？」

　白石はちょっと考えて答えた。

「僕は餅ですかね。ごま塩が振ってあって、香ばしくて美味しかった。あっ、胡瓜とクラゲも、仕上げにお酢をかけてあって、さっぱりしたな。胡瓜、熱を通してもいけるんですね」

「せやな。あれがいちばん熱かったけどな」

「胡瓜汁、最強兵器でしたね」

「おう。思いきりやられたわ」

一階に着いて、エレベーターの扉が開く。外に出ると、北風がビュウッと吹き抜けていく。

今年はまだ大した寒波が来ていないが、それでも夜はそこそこ冷える。手袋までは要らないが、マフラーを持ってくればよかったと悔やむ程度だ。

「ところで先輩」

駅に向かうのかと思いきや、白石はビルを出たところで足を止め、悪戯っぽく笑った。

「なんや?」

「あとはケーキなんですけど、どうせだったら先輩のお好みの奴を買おうと思って、まだゲットしてないんです」

「……こんな時刻にケーキ屋て」

「あるんですよねえ、これが。バッチリ調べてきました! 近くに、ええと……『ポアール・ド・ノール』ていう、午前二時まで開いてるケーキ屋さんがあるんです」

「さっすが新地やな。店の差し入れに使えるっちゅうわけか」

「そうそう。モンブランが有名らしいですよ。こう、マロンペーストをうにゃうにゃ絞り出すんじゃなくて、シートみたいにしてくるっと巻いてあるとか」

「……へえ、て、そうか、帝塚山《てづかやま》の『ポアール』の支店やろ。そんなモンブラン、噂だけは聞いたことあるわ」

「さすがスイーツ好き。でも、食べたことはないんですか？」

「あれへん。いっぺん食うてみたいと思うてたんや」

「よかった！　じゃあ、それ買って帰りましょうか。他にも美味しいケーキがあるかも」

「せやな。場合によっては、五つくらい買うてもらおか」

「ええええ。それは予算オーバーかも。三つまででお願いしまっす」

笑いながら、白石は先に立って歩き出す。

あまり親密な友達づきあいをしない俺にとっては、こんな風に気の置けない相手に誕生日を祝ってもらうというのは、なかなか新鮮な経験だった。

まったくもって、悪くない。

とはいえ、おそらく今日のあれこれで、白石の財布は相当軽くなっただろう。

クリスマスあたりには、カップル向けではないカジュアルな店で、何か軽くご馳走してやろう。

できたら、あいつの小説のネタにできそうな店がいい。

そんな算段を頭の中でしながら、俺は賑わう夜の町を、コートの前をギュッと合わせて歩き出した。

一月

午後三時過ぎ。

小腹が減ったな……と感じたので、のっそりキッチンに行って、電子レンジで丸餅をチンして、ぷーっと膨れたところで温めた汁に投入する。

出来上がるのは、いわゆるお雑煮だ。

大晦日《おおみそか》に大鍋いっぱい作った奴を、その都度温め直しながら、三日間食べ続けている。よく、うちの母親が「今日はお父さんおらんから、あり合わせや！」と宣言して、それはもう大雑把な食事を出してきた。今、その気持ちが痛いほどわかる。

父は昔から、夕食はきちんと定食スタイルになっていてほしい人だった。

カレーライスやオムライスといった一皿で終わる食事は、外でランチに食べるものと、我が家では決まっていた。

今思い返しても、ずいぶん窮屈な掟だ。

ああいや、大阪人らしく、お好み焼きだけは例外だった。でもそれも、家で焼くより、店で鉄板から直に食べるほうが、父は好きだと言っていた。

そんな父の食に対するこだわりを、母は「めんどくさいわ〜」だの「自分で作らんくせにうるさいわ〜」だの不機嫌に愚痴っていたが、それなりに張り合いにもなっていたんだろう。

だからこそ、ただがふがふ食べるだけの僕と二人のときは、気抜けしてレトルトカレーでええやろ、となったのだ。

今の僕も、きっとあのときの母と同じ気持ちだ。

東京でひとり暮らしをしていた頃は、ブログのネタという必要性にかられていたので、自分ひとりのために細々と料理を作るのがまったく苦にならなかった。むしろ、見た人から色んなコメントをもらえるので、楽しみですらあった。

でもそれは、食べることを楽しむための料理というより、見せることを楽しむための料理だったんだと思う。

それが変わったのは、ここに来てからだ。

晩飯はたいてい、先輩と一緒に食べる。

配膳したら、まずはブログエッセイ用に写真を撮るけれど、その後は二人で味の感想を言い合って食べるのがいつものことだ。

僕は、僕の食べたいものを作っているのだから、基本的に美味しくて当然だ。でもそこに先輩という容赦なく評価してくれる人が現れて、毎日のご飯作りがだいぶスリリングになった。

先輩が好きだとわかっているものを作って守りに入るのか、あるいはこれまで作ったことがない攻めの料理に挑むのか。

そんなゲーム感覚まで、いつしか芽生えていたみたいだ。

だからこそ、先輩が北海道のご両親のもとへ旅立った途端、どうにもこうにも料理が億劫になってしまった。

誰も料理の味について感想を言ってくれない、上手く出来ても喜んでくれないことがわかっているのに、料理をする気になんてなれない。

とはいえ、何も食べないと死んでしまうので、大晦日、小分けパックのおせち料理や惣菜、つまみの類をモンテメールでどっさり買ってきて、それを適当に食べている。あとは、ひたすらお雑煮だ。

年末年始は料理エッセイブログも休むと宣言してあるから、そんなだらけた食生活でもまったく問題はない。

何だか久しぶりに、ひとり暮らしだった頃の生活に戻った感がある。

(結局、ここで年を越しちゃったしな)

帰省前、先輩には「ええ機会やろ。お前もいっぺん、実家に帰ってみたらどうやねん」と言われたし、悩みもしたけれど、結局、帰るのはやめにした。

小説家になることに大反対で、期待していた「まともな就職」をしなかった僕に今も腹を立てている両親と顔を合わせるのはどうにも気が進まなくて、この家で留守番をすることに決めた。

さすがにお互いの生存確認と新年の挨拶くらいはしたほうがいいと思って、元旦に勇気を奮い起こして実家に電話してみたけれど、新年早々、父と母に順番に説教されただけだった。

まあ、電話だったので、サラウンドにならなかったことだけが不幸中の幸いかもしれない。その代わり、だいたい同じ内容の小言を立て続けに二度聞くことになった。

二人とも、まだ僕は東京でひとり暮らししていると思っているから、それを訂正する元気もなく、「今年もよろしくお願いします」と心のこもらない挨拶をして、僕はほうほうの体で電話を切った。

来月になれば、芦屋から神戸界隈を舞台にした小説が発売になる。そうしたら、一冊実家に送って、反応次第では僕がここにいることを教えてもいいかな……と思っているけれど、とにかく今は無理だ。

これ以上両親と接触を持つと、僕のメンタルがまた死ぬ。

「はー。お雑煮は何故か飽きないなあ」

小振りの丸餅は、柔らかくて肌理《きめ》が細かく、よく伸びる。それなのに歯ごたえもしっかりあるところは、さすが杵《きね》つきの餅だ。

東京にいた頃は、餅といえば切り餅がスタンダードだった。関西では、やはり丸餅が目につく。

調理方法も、東京では切り餅を焼くのが一般的で、こちらは丸餅を焼かずに柔らかく煮るほうが多いようだ。少なくとも、僕の実家はそうだった。

僕自身は煮るのが面倒で、手っ取り早く電子レンジで柔らかくする派だ。

東京風のすまし汁のシンプルなお雑煮もいいけれど、やはりこちらに来ると、美味しそうな白味噌を選びたい。

せっかくなので、大根人参と茹でた海老芋が入る実家式の白味噌雑煮を、大晦日に大鍋いっぱい作った。何度も煮返したので、海老芋がだいぶ崩れたものの、それもまた汁がとろんとなって、美味しいものだ。

味噌汁なら飽きるくせに、お雑煮だと意外と飽きないから不思議だ。

(あれ、今日はもう三日か。三箇日、終わっちゃうんだな)

ふと、十二月三十日の夕方に先輩と別れて以来、今日に至るまで、両親と電話した以外は誰とも喋っていないことに気付いてゾッとする。

いや、正しくは、今までそれに気付いていなかった自分にゾッとしたと言うべきか。

ひとりになってからは、寝たいだけ寝て、食べたいときに食べて、仕事関係の人から来た年賀状や年賀メールをチェックして、あとはダラダラとテレビで正月番組を見ていたら、今日になってしまった。

実家への電話はせいぜい十分くらいだったから、ほぼ四日間、たまの独り言しか言っていないことになる。

思えば、東京でひとり暮らしをしていた頃は、一週間家から出ず、誰にも会わないなんてことはざらだったから、四日間の沈黙なんてそう珍しいことではなかった。

でもこっちに来てからは、そう長い時間ではないにせよ、ほぼ毎日必ず遠峯先輩と顔を合わせて話をしていたから、もしや声帯が退化してしまったのではないかと急に心配になる。

「あー、あーあーあー、うん、大丈夫だ」

ちょっと大きめの声を出してみて、ちゃんと喋れることに安心すると同時に、猛烈に虚《むな》しくなる流れだ。

それなりに美味しく食べていたお雑煮も、酒のつまみにと出してきた黒豆とスモークサーモン、それにちょっと高級なかまぼこも、急に味がしなくなった。

「……はあ。そういや先輩、いつ帰ってくるんだろ。訊くの忘れてた」

今頃先輩は、札幌《さっぽろ》のご両親のもとで、楽しいお正月を過ごしているんだろうか。

北海道だから、きっと美味しいものがたくさん出てきて、暖かい部屋の中で上げ膳据え膳ライフなんだろうな。

「いいなあ」

思わず、そんなさもしい言葉が零《こぼ》れてしまった。

実家に帰らない決断をしたのは僕自身なのに、人を羨んでしまう自分がつくづく嫌になる。

「あー。うっかり、今年の自己嫌悪初めをしてしまった」

ビールの缶を開けないまま、僕はソファーにこてんと倒れ込んだ。

そういえば先輩も僕が来る前、飲み食いはずっとこのソファーでして、食後はすぐごろんと横になっていたらしい。

その気持ち、わかる気がする。

きちんとなんて、したくない。ここに来て初めて、滅茶苦茶に自堕落かつダウナーな心持ちだ。

(この家で、こんなにつまんない気分になったの、初めてだな)

テレビで大晦日の夜から出ずっぱりの芸人たちが大騒ぎしているのを醒《さ》めた目で眺めつつ、僕はふとそんなことを思った。

こっちに来てから、何だか楽しい。それはやはり生まれ育った関西が肌に合うからだと思っていたけれど、それだけではなくて、この家に先輩がいてくれたからだったんだ、と気付く。

他愛ない日常会話とか、一緒に部活をしたのはたった一年なのに、それなりにある共通の思い出話とか、食べ歩きとか、ごくたまに休日に一緒に出掛けたりとか。

あまりお互いの生活に干渉せず、ただ同じ屋根の下に住まわせてもらっているだけと思っていたけれど、何だかんだいって僕のここでの日々は、先輩にほんわりと色をつけてもらっていたんだなあと思い知った。

だからこそ、今こうして転がっている僕が、まるでモノクロの世界に生きているような気がする。

ああ、つまらない。

先輩、早く帰って来ないかな。

そう思った途端に、ローテーブルに置いてあったスマートフォンがＬＩＮＥの着信を告げた。

ソファーに転がったまま手を思いきり伸ばし、どうにかスマートフォンを取った僕は、ＬＩＮＥを立ち上げて、「あ」と声を上げた。

僕の気持ちが伝わったわけではないだろうが、先輩からのメッセージだ。

『明日の夕方帰るから、晩飯はそっちで食う』

「やった！　了解です、と」

メッセージを返すと、すぐに画面に次のメッセージが表示される。

『明日の昼に荷物が届くから、受け取ったってくれ。発泡スチロールの容器のまんま置いとってくれたらええわ』

先輩のメッセージは、喋り言葉の関西弁のままだ。声が聞こえてきそうな気がする。

「それも了解、っと」

『それと、野菜を買うといてくれ。キャベツ、しめじ、タマネギ、人参、ピーマン、カボチャあたりかな。それ以外のもんがあってもええけど。あ、モヤシはマストや！』

「はーい……と。けっこうたくさんだな」

『それと、うどんが二玉くらい。頼んだで！』

僕が返事を打ち込む前に、忍者がシャッと消えるスタンプを残し、先輩は会話を切り上げてしまった。

「野菜……と、うどん。ラジャー」

何だか焼きそばみたいな野菜のラインナップだ。

何を食べるつもりなのかはわからないけれど、先輩が明日帰ってきて、夕飯は一緒に食べられると思っただけで、急にもりもり元気が湧いてきた。

モノクロと化した室内に、ゆっくりと色が戻ってきた感じがする。

「よーし、腹ごしらえを済ませたら、買い物に行くかな。三日なら、もうどこも開いてる

もやし
うどん

だろうし」

早くも勢い余って鼻歌を歌いながら、僕は黒豆を箸でつまんで口に放り込む。

さっきは粘土みたいに感じられた物体は、すっかり甘くて美味しい豆に戻っていた……。

翌日、先輩は予告どおり、午後五時過ぎに帰ってきた。

出掛けるときに引いていたキャリーケースは見るからにパンパンに膨れ上がり、それ以外にもけっこう大きなショルダーバッグや紙袋を持っている。

「ただいましておめでとうさんや」

ずいぶん合併短縮した帰宅と新年の挨拶を口にして、先輩はコートを脱いでソファーに放り投げた。いつものかっこいいチェスターコートではなく、ユニクロで今回の帰省用に買ったというダウンコートだ。

出掛ける前より少しくたびれて見えるから、北の大地で活躍したに違いない。

「おかえりなさいましておめでとうございます」

僕も先輩に合わせてカスタマイズした挨拶を返してから言った。

「とりあえず、風呂入るかなって思って、お湯溜めてありますよ。その間に、言われてた野菜、切っとこうかと思うんですけど……」

「おう、気ぃきくな。野菜は……まあ、適当に」

「適当っつったって、ある程度は指針が必要ですって」

「ほんなら、キャベツはざく切り、タマネギはこう、半分にして一センチ幅くらいにとんとんって」

「なるほど。なんかこう、焼きそば的な感じで？」

「せやな。焼きそばに入れるよりはちょい大きめがええかな」

「了解です。荷物も届いてますよ」

「おう、わかった。ほな、ぱぱっと風呂入ってくるわ」

「いってらっしゃーい」

やっぱり、こうしてさらっと会話できる相手がいるって素晴らしい。

僕はしみじみと感謝しながら、先輩が脱ぎ捨てたコートを取り、壁際のコート掛けに引っかけてからキッチンへ向かった。


「おー、やっぱしここや。あった」

スエット姿の遠峯先輩は、キッチンの滅多に開けないいちばん高い位置にある戸棚を開け、大きめのホットプレートを取り出し、テーブルに据えた。

「やっぱ、焼きそばですか？」

「違う。ここで、荷物の登場や」

そう言うと、先輩は昼間に届いた発泡スチロールの箱を玄関から持ってくると、キッチンの床に置いた。粘着テープを外し、きつく閉まった蓋を開ける。

「じゃーん。これが今夜の主役や！」

そう言って先輩が取り出し、得意顔で野菜を大きなざるに盛りつけている俺の鼻先に突きつけたのは、パック詰めされた何かだった。

「はい？」

鼻の頭に触りそうな距離だったのでさすがにぼやけて見えず、慌ててのけぞると、パックのど真ん中に、丸で囲まれた「松」の文字がある。いちばん上には、その「丸書いて松」と共に「北海道名物　松尾ジンギスカン」と、なかなか昭和感のある字体で印刷されていた。その下には「特上ラム（もも）」とある。

つまり、肉だ。しかも、羊の。

「ジンギスカン？　僕はてっきり、毛蟹が入ってると思ってました。タラバにしては箱が小さいから」

そんな軽いパンチを繰り出すと、先輩はからりと笑って受け流してくれる。

「アホ、毛蟹は予算オーバーや。なんちゅうても、このうちにはアレがあれへんやろ」

「アレ？」

「蟹甲殻類大腿部《だいたいぶ》歩脚身取出器具」

「……はい？」

「蟹甲殻類大腿部歩脚身取出器具」

「そんなに素晴らしい滑舌で繰り返されても、何が何だか」

「早い話が蟹スプーンのこっちゃ。ここに住んどった俺の祖母は、蟹アレルギーやったからな。身をほじる道具なんかあれへん」

「蟹スプーンの正式名称ってそんななんですか？　つか、よく覚えてるな！」

「ネットで見かけて、思わずムキになって覚えてしもた。……まあ冗談はさておき、年末年始やからな。海産物はホンマにええもんは店にないやろと思うて、買わんかった」

「なるほど。それで、品質が安定してるジンギスカンってわけですか」

「せやせや。ええ具合にだいぶ解凍されとるな。もーちょいか」

「流水を使えばすぐですよ」

僕はパックを受け取り、大きなボウルに入れて、水を細く流し始めた。ちょっと勿体ないけれど、使った水は、あとでリビングの鉢植えの水やりにでも使おう。

その間に先輩はいそいそとホットプレートの電源を入れ、鉄板を温め始める。それから流れるように、取り皿と箸も用意している。

「なんか、甲斐甲斐しくなって帰ってきました？」

自分でも嬉しいくらい、調子の良い軽口が出た。先輩はニヤッと笑って「アホか」と言った。

「俺はもとから甲斐甲斐しいやろ。ちゅうか、腹減ったんや。新千歳《しんちとせ》空港では、飯食うてる暇がなかったからな。ソフトクリームの食べ歩きでいっぱいいっぱいやった」

「……は？」

野菜を盛りつけたざるをテーブルに置き、俺は先輩のクールな顔をじっと見た。

「ソフトクリームの食べ歩き？　空港で？　食べ歩くほど種類があるんですか？」

先輩は一般常識を語るような口調で「当たり前やろ」と言い放つ。

「マジで」

「国内線全フロアと連絡施設の三階に、これでもかっちゅうくらいようけ、ソフトクリームがあるんや。雪印《ゆきじるし》パーラーは札幌の店で食えたから外したけど、ルタオ、きのとや、北《きた》菓楼《かろう》と来て、ロイズで力尽きた」

「……そんだけ食えば十分過ぎると思いますけど……。そんなに味、違います？」

「全然違う。みんな違って、みんなええ、や」

「金子《かねこ》みすゞじゃあるまいし。あ、そろそろ肉、いけるかな」

「ジェラートも食いたかったなあ……」

そんな先輩の未練たっぷりの嘆きを背中で聞きながら、僕はキッチンに引き返し、パックの中身を新しいボウルに空けた。

色は濃いけれど意外とさらっとした、いい匂いがするタレがたっぷり。その中に、赤身のあまり大きくない、でもそこそこ厚みのある肉がこれまたぎっしり入っている。

「先輩、これ六五〇グラムって書いてありますけど、全部解凍しちゃってよかったんですかね」

「大丈夫や。赤身やから、楽勝で食い切れる」

「けっこう多いように思いますけどね」

そうは言っても、解凍したからには焼かないわけにはいかない。僕は、ボウルをそのままテーブルに運んだ。

「ジンギスカンって、専用の鍋がいるんじゃないですか？　あの、兜《かぶと》みたいな形の」

「俺もそう思うとったけど、うちの両親が言うには、ホットプレートで十分らしいわ。実際、十分やった。こういう感じで……」

どうやら、ご両親にジンギスカンを振る舞われて、それが美味しかったから、僕にも食べさせようとしてくれているらしい。ありがたくすべてを任せることにして、僕はビールを出してくる。

先輩は、ホットプレートにまずは野菜だけを載せ、じゃんじゃん焼き始めた。

「せや。母親からもろてきたんやった。これも忘れんと焼かな」

そう言って先輩がキャリーから取り出してきたのは、ビニール袋に詰め、ラップで一つずつ包まれた、手の平に載るくらいの平べったく丸い形の白っぽい物体だった。

焼くというからには、食べ物なのは確かだろう。団子のように見える。

「芋もちや。北海道ではよう食べる物らしい。母親が、あっちで出来た友達から教わった言うて、食べさしてくれたら旨かったんや」

「芋もちって、ジャガイモ……ですかね?」

「ふかしたじゃがいもに片栗粉を混ぜるだけやて、母親は言うとったで」

「へえ。たぶん、配合にコツがあるんだろうな。餅っていうより、団子ですね」

「せやな」

相づちを打って、先輩は菜箸で甲斐甲斐しくスライスしたカボチャを裏返す。野菜にあらかた火が通り、いも餅も片面がこんがり焼けて裏返した頃、先輩はやっと肉のボウルを引き寄せた。

野菜をプレートの片側半分に寄せ、空いた半分に油も引かず、肉を並べる。一方、野菜には肉の漬け汁を気前よく掛けた。

ジューッといい音がして、野菜から湯気が立ち上る。とてつもなくいい匂いの湯気だ。

「よっしゃ。あとはあんまし焼きすぎんように肉を食うたらええ」

「お疲れ様です。じゃ」

僕は先輩のグラスにビールを注ぎ、僕らはすっかりいつものように、今年初の乾杯をした。

「本年もよろしくお願い致します」

「本年もおるんかい」

そんなやり取りも、すっかりいつもどおりで妙に嬉しい。

そして、店以外で初めて食べたジンギスカンは、ビックリするほど美味しかった。

ラム肉は本当に脂っ気がなくて、でもやわらかくしっとりしている。

タレも甘みとこくがあるけれど、肉の邪魔をしない優しい味で、野菜を滅茶苦茶美味しくしてくれる。

先輩がせっかく肉を買ってきてくれたのに、危うく野菜が主役になりそうなほどだ。

そのタレが絡んだいも餅も、もっちりほっくりしていて、熱いのを我慢できずに齧ってしまう。

さすがに先輩のお母さんにレシピを聞くのは躊躇《ためら》われるので、あとでネットで検索してみよう。これは自分でも作りたい。

「うまーい！」

僕の素直な喜びの声に、先輩も満足げに笑った。

「家で食うても、やっぱし旨いな。お前も気に入ってよかったわ」

「そういや、実家、どうだったんですか？　楽しく過ごせました？」

箸を止めずに訊ねると、先輩は何故か苦笑いで肩をそびやかした。

「何度行っても、変な感じやな」

「変？」

「生まれたわけでも育ったわけでもない土地の、まったく馴染みのないマンションに、見慣れた自分の両親がおるわけやから」

「ああ……。それは、確かに」

「あっちも、老後用に最初から夫婦二人用に整えた住まいに俺がおると、据わりが悪いみたいでな。お互い、やんわり居心地悪い感じやねん。双方、気ぃ使う感じやから、三、四日が、楽しゅう過ごせる限界かもしれん。こっち帰ってきて、ホッとしたわ」

「そういうもんなんですかね。でも、楽しんできた顔、してますよ」

「そやろか。……まあ、夫婦仲良う元気にしとってくれて、ありがたいこっちゃ」

休暇中なので、うっすらヒゲが生えたままの顎を軽く擦って、先輩は照れ笑いする。

僕も、快調に小言を繰り出してきた元旦の両親の声を思い出す。

そうか、そんなにガミガミ言うということは、元気でありがたい、という考え方もあるんだなあ。

感心しながら札幌のお正月風景のことなど聞いていたら、いつの間にか、鉄板の上にはタレに軽く浸った野菜がちょっぴりと、肉の小さな欠片しかなくなっていた。あんなにあった肉を、本当に二人だけで食べ切れてしまったことになる。

しかも恐ろしいことに、胃袋にはまだ若干の余裕がある。

そこで、うどんの出番だ。プレートの上に残ったタレをうどんに吸わせながら、ゆっくり焼き付けていく。

肉と野菜の味が十分に出たタレだ、美味しくならないはずがない。

うどんを箸で解す僕の手元を見ながら、先輩は「お前は？」と訊ねてきた。

答えるのは気が進まなかったが、仕方なく、僕は正直に打ち明けた。

「純然たる寝正月です」

「……そやろと思うた」

「先輩がいないと、なんかつまんなかったです」

毒を食らわば皿まで的に白状すると、先輩は眼鏡の奥の目を丸くしてから、噴き出した。

「お前、三つ子の魂百まで過ぎやろ。高校の頃と同じこと言うとる」

「えー？　僕、そんなこと言いました？」

「言うた言うた。『先輩が休みやと部活がつまらへんです』って言いよった。可愛《かわい》い後輩やなーて思たもんや」

「じゃあ、今も可愛いでしょ？」

「三十路過ぎた男に言われても可愛いはないなあ。まあ悪い気もせんけど」

隅っこに残っていたしめじをつまんで口に放り込み、先輩はこう続けた。

「俺、明日まで休みやから、昼から初詣でも行こか。お前もちょっとくらい正月らしいことせんと、年が明けた気ぃせえへんやろ」

いつもなら面倒臭いと言うところだけれど、今ばかりは、「行きます」とすぐ声が出た。

「なんか、今日が僕にとっては元日ですよ。先輩が正月を連れて帰ってきた感じ」

そう言うと、先輩はくすぐったそうに「土産は正月やっちゅうことにしとこか。一応、あれこれ買うてきてんけどなあ」と笑うと、飴色に仕上がったうどんを、箸でたぐり寄せた……。

二月

「せんせー、これあげるー」

先々週から通ってきている小学五年生女子の患者が、診察が終わった後、バッグをガサガサ探って小さな紙包みを差し出してきた。

真っ赤な包装紙には、ピンクと白の小さなハートが乱舞している。

ああ、そうか。

今日はバレンタインデーか。なるほど。

「お、おう。ありがとうな」

意外なプレゼントに驚きを隠せないまま、俺は包みを両手で恭しく受け取る。

「先生にあげる奴やから言うて、昨日、三十分もかけて選んだんですよ」

付き添いの母親が、ニコニコしてそう言った。

「は、はあ。それはどうも」

「あんた、先生が初恋の人なんやんなー」

「ちょっと、ママやめてや〜。バラさんといて〜」

盛り上がる母子とは対照的に、俺はあからさまに困惑する。

初恋の相手は人生にただひとりだということを考えると、光栄だが俺には荷が重い。というか、我ながらどうなんだと思うが、実に照れる。いや、ロリコンとかそういうことではないが、非常にむず痒《がゆ》い。

こっちこそ、バラさんといて、だ。

キャッキャしながら患者と母親が出て行った後、診察室担当の看護師が冷ややかに言った。

「先生、いつまでにやけてるんですか。次の患者さん呼びますよ」

「おう。ちゅうか、にやけてへんぞ」

「うそうそ、顔が緩んでますよ。看護師の情けで、贈り物を受け取っちゃったことはナイショにしときます」

彼女はそう言って、悪い顔で笑った。

そう、俺が勤務しているこの病院には、個人的な謝礼の受け取りは原則禁止という掟があるのだ。

しかし、原則禁止という言葉には、やんわり「例外はあるよ」という意味合いがあると、俺は勝手に解釈している。

だいたい、十歳かそこらの女の子が三十分もかけて選んだチョコレートを拒むなんて酷なことが、大人の男にできるものか。

「別に言いふらしてもかめへんぞー。チョコ貰う、すなわちモテ自慢や」

澄ました顔で嘯いて、俺は少女の分のカルテ処理を終え、次の患者にカルテを切り替えた。


「あっ、遠峯先輩！　おかえりなさい」

とっぷり日が暮れてから帰宅すると、何故か白石がわざわざ玄関に出迎えてくれた。

脱稿直後以外では見たことがない、ハイテンション白石だ。

だいぶ浮かれている。その証拠に、俺のバッグを奪い取ってリビングに持って行く、その足元がスキップしている。

怖い。

怖いがどうにか平静を装って、俺は白石に……というより、奴の動きに合わせて、背中でぴょこんぴょこん動くパーカのフード部分に向かって問いかけた。

「何か、ええことあったんか？」

すると白石は、バッグを抱えてクルリと振り返る。

「よくぞ訊いてくれました！　あったんですよ！」

「そやろな。どないした？」

「実はッ！　じゃじゃーん！」

そう言うと白石は俺のバッグをソファーに放り投げ、ローテーブルの上に置いてあった封筒を俺の鼻先に突きつけた。

「あ？」

「これ、今日、編集部から転送されてきたんですけどね」

「おう」

「生まれて初めて！　読者さんが！　僕のキャラクター宛にチョコレートを贈ってくれたんですよ！」

「お前にやのうて、お前の小説のキャラクターにか？」

「そうです！」

「……へえ」

俺の反応が淡泊すぎたのか、白石はたちまち不服そうな膨れっ面になった。

しかし、落胆されても困る。架空の人物にチョコレートを贈るという感覚が、俺には咄《とっ》嗟《さ》に理解できなかったのだ。

しかしまあ、アイドルにチョコレートを贈るというのは、よく聞く話だ。

いずれも、手の届かない相手に好意を伝える方法の一つだと考えれば、少しだけわかる気がした。

とはいえ、アイドルなら兆に一つくらいは想いが報われる可能性があるわけだが、小説のキャラクターの場合はどこまでいってもゼロなわけで……。

俺のそういう困惑は、表情で一目瞭然《いちもくりようぜん》だったのだろう。白石は口を尖らせ、封筒の中身を引っ張り出す。

姿を現したのは、本来のパッケージ剥き出しのチョコレート、しかも古来からチョコレートといえばこれ、という不二家《ふじや》のハートチョコレートだった。

「また古典的やな！」

「でも、貰ったキャラクターがいちばん喜ぶ奴はこれです。読者さんは、ちゃーんとキャラの好みがわかってるんですよ」

「……へええ」

「僕が喜べば、キャラも喜ぶ！　先輩、物語の人物にプレゼントをやったって、得るものはないだろうに、とか思ったでしょ、今」

「……思った。だってそうやろ？」

「それが素人の浅いとこですよねー」

やけに勝ち誇ってそう言うと、白石はダイニングのほうを振り返った。いつもなら夕飯時には片付けられているテーブルの上には、まだノートパソコンが置きっ放しになっている。

「今、僕、何してたと思います？」

「原稿と違うんか？」

「ふふふふ。原稿は原稿でも、仕事の原稿じゃないんですよ。読者さんからチョコを貰ったキャラクターが、小説の世界でハートチョコを美味しく食べてるSSを書いてたんです」

「えすえす？」

「ショートショート。めっちゃ短編ってことです。それを『しぶ』に上げるんですよ」

「……しぶ？」

「ピクシブ。アマプロ問わず、小説やマンガやイラストなんかを発表できるサイトのことです」

「へえ」

俺は曖昧な相づちを打ちながら、首を捻った。コートも脱がないままで、俺はいったい何の話を聞かされているんだろう。

「つまり……？」

白石は、俺の鈍い反応に焦れたように、軽く地団駄を踏みながら説明してくれる。

「つまりー！　チョコをくれた読者さんは、『あっ、私が送ったチョコが届いたんだな』って思えて喜んでもらえるといいなと思うし、それ以外の人には、ただのSSとして楽しんでもらえるし。そんなリアクションに、僕だってまた嬉しいし。誰も損しない素敵な活動です」

「なる、ほど、なあ」

「わかりました？」

「いや、わからんけど、とにかくええこと尽くめなんはようわかった」

「じゃあまあ、オッケーです。つか、先輩、大荷物ですね。まさかその紙袋の中……」

ようやく平静に戻った白石は、俺が提げたままだった紙袋に気づき、驚きの表情を見せた。

俺は、紙袋の中身をローテーブルの上にざばざばと開ける。パッケージの形はそれぞれ違えど、中身はすべてチョコレートだ。

白石は、ビックリしたオウムのような顔をした。

「すっげええー！」

「全部、お返し必須のビジネスバレンタインやっちゅうねん。あ、これだけは違うけど」

偶然、チョコレートの山の頂上にあったのは、例の小学生から貰ったチョコレートだ。

それだけは紙袋に戻してから、俺は言った。

「好きな奴、食うてええぞ」

するとと白石の奴、今度はあからさまに驚く。高校生の頃からそうだったが、打ち解けた相手限定で表情豊かな奴だ。

「だけど先輩、スイーツ大好きなのに。チョコだって好きでしょ？」

「好きやけど、俺、この時期は、自分でチョコレート買うてあるからな」

「マジで？　その、バレンタインチョコを自分に贈呈？」

「ちゅうより、バレンタインの時期になると、普段手に入らんような海外のチョコレートがデパートで取り扱われるねん。いつもの店でも、バレンタインのチョコレートは特別な奴が多いしな」

「へえぇ」

「たとえばや」

俺はローテーブルの上、テレビのリモコンの脇に置いてあった小さな紙箱を取り上げ、白石に差し出した。おそらく第一次世界大戦前後くらいのヨーロッパの田舎道が描かれた、とても瀟洒《しょうしゃ》な箱だ。

「これは通年売っとる奴やから、お前につまれてもまあええと思うてここに置いててんけど……」

「あ、よかったんだ。僕のじゃないから勝手に触っちゃいけないと思ってました。気にはなってたんですけど。綺麗な箱だから」

白石は嬉しそうに箱を受け取り、蓋を開ける。

Chocolate

茶色い包み紙に覆われているのは、薄くて小さな板状の……それこそネームプレートくらいのサイズと厚みのチョコレートだ。まだ二枚しか食べていないので、ぎっしり感がある。

「ん、いい匂いですね。……うっすらミント？」

「おう。デメルのミントチョコや。食うてもええで」

「やった」

躊躇いなくチョコレートを一枚抜いて口に入れた白石の奴、バリバリとたちまちチョコレートを噛み砕き、飲み込んでしまった。

おそらく、その小さな一枚が百円以上するなんてことには、この先一生気付くことはないのだろう。まあ、それも白石らしくていいかもしれない。

それにしても、高いチョコレートの食わせ甲斐のない奴だ。もっとゆっくり、口どけを楽しむという概念はないんだろうか。

「うん、ダークで濃い感じのミントチョコでした」

「小説家のボキャブラリーとは……」

「いいんです！　食べ物の感想は素直がいちばんなんです～」

ムキになって言い返した白石は、チョコレートの箱をローテーブルに戻し、それから俺の顔とダイニングテーブルを順番に見て、また俺に視線を戻した。

今度は、何故か焦っている。

「ヤバ！」

「何がやねん」

「読者さんにチョコ貰って舞い上がってたせいで、晩飯のことをパーフェクトに忘れてました。何も作ってない！　ご飯も炊いてない！　わーすいません！　サトウのごはん、まだ備蓄あったかな」

慌ててキッチンへ駆け込もうとする白石を呼び止め、俺はこう提案してみた。

「そんなに焦らんでも、外で食うたらええ。お前が……やなかった、お前の小説のキャラクターがチョコレート貰った記念に、ちょっとだけええもん食おうや」

見事にウォーキングポーズで静止していた白石は、そのまんまのポーズで足だけ動かして戻ってきた。そして、期待の眼差しで俺を見る。

「ちょっとだけいいものって？」

「そやな……。今からパッと行ける店で、ええもん……。あ、フォアグラなんてどや？」

その提案は予想外のものだったらしい。白石の細い身体が、ピョンと跳ねる。

「フォアグラ!?　噂には聞いてますけど、お目に掛かったことはまだないフォアグラ!?　そんな高級なもの、パッと行くような店で食べられるんですか？　っていうか、お高いんじゃ」

「ちょっとええもん程度の認識で食える店があんねん。フレンチやけど、行ってみるか？」

「フレンチ！　行ってみたいです。前に出した本の印税が入ったんで、今なら行ける！」

「……足りんかったらそれくらいは出したる。ほな、はよ着替えてこい。一応、店に連絡しとくわ」

「はーい！　三分待ってください！」

「四十秒で支度しな……やったっけ。早よせえよ」

先日、白石の勧めで一緒に見た「天空の城ラピュタ」の登場人物、海賊の女頭領の台詞を借りて言ってみたら、「ムスカのほうでお願いします。三分で！」と別のキャラクターの台詞で即座に切り返し、白石は階段を凄い勢いで駆け上がっていった。

アニメに関しては、あいつのほうがずっと詳しい。俺の付け焼き刃は通用しないようだ。

マンガやアニメが大好きな白石の影響で、最近は俺も色々見るようになった。

正直、ピンと来ないものも多いが、「ラピュタ」は気に入って、白石が録画した奴をもう三回は見たと思う。

何しろ、作中で描写されている食べ物がいい。目玉焼きを載せたパンも旨そうだし、主人公が序盤で受け取る肉団子スープ、それにシータが作るシチューときたら……。

いかん、猛烈に腹が減ってきた。

店が臨時休業などしていないといいのだが。

今夜はもうすっかりフォアグラの口だ。他のものでは満足できそうにないし、目的の店以外で食べれば、いったいいくらかかるかわかったものではない。危険すぎる。

（開いていますように。そして、席が空いていますように）

俺はコートのポケットからスマートフォンを取り出し、祈りながら通話ボタンを押した。

それから四十分後、俺と白石は、ＪＲ芦屋駅の北側にあるフレンチレストラン「ラベイユ」にいた。

雑居ビルの二階にある小さな店だ。

内装は白と木材の自然な色を基調にしたシンプルなもので、常連客持参の絵が飾られている。何ともカジュアルで気楽な雰囲気だ。

そうでなければ、仕事が終わって帰宅した後に、わざわざもう一度出掛けようという気にはなれないだろう。

着替えるのが面倒で俺はスーツのままだが、白石は、いったい何の「支度」をしたものか、パーカにジーンズ、ダッフルコートという家にいるときとさほど変わらない服装だ。

しかし、そんな服装でも、ここでは咎《とが》められることはない。

「寒かったでしょう。ずいぶんお久しぶりで」

すらりとしたマダムが、そんな言葉で迎えてくれる。俺は無沙汰を詫び、白石を紹介した。

「高校時代の部活の後輩て、えらいステキですねえ」

いつも陽気なマダムは、ころころと笑いながら、我々を四人掛けのテーブルに案内し、メニューを渡してくれた。

平日だからだろう、先客は誰もいなかった。店にとってはいいことではないだろうが、我々にとっては幸先のいい話だ。

何しろ、調理担当は彼女の夫、サービスは彼女と、いずれもひとりしかいないので、店が混み合っているときは本当に大変そうなのだ。

職人気質のシェフは、テーブルの全員が異なるメインディッシュを選択したとしても、皆が同時に食べ始めることができるように、すべての料理をタイミングを合わせて仕上げてくる。

ひとりぼっちの狭い厨房では、それは恐ろしく難しい作業だろう。

今夜は、今のところ俺と白石だけだから、マダムの所作にも余裕がある。

白石はさっそくメニューを開き、むむむと唸った。片手で前髪を掻き上げ、ヘアクリップで留めたところを見ると、相当に本気を出すつもりらしい。

「字だけだと、想像が広がりますねえ。なるほど、前菜とスープとメインとデザート、好きに組み合わせられるわけか」

「皿数も、自分の腹に合わせて決めたらええ。俺は、前菜とスープ、それにメインとデザートが一つずつのコースでええわ」

「あ、僕も初めてだから、それでいいです。ひととおり食べてみたい感じ」

「ほな、一つずつ選べ」

「うーん、どれにしよっかな……」

白石は大いに悩んだが、俺はさほど迷わずに注文を済ませた後、俺たちは今日はちょっと気取って白のグラスワインで乾杯した。

バレンタインデーに、ではなく、白石のキャラクターがチョコレートを貰った記念日に乾杯、である。

飲み物と同時に、アミューズが出される。

それこそが、俺が事前に店に電話した主な理由だ。

このアミューズを用意するのにそこそこ時間がかかるらしく、飛び込みで訪れると、料理が供されるまでずいぶん待たなくてはならなくなる。

アミューズというと、たいていは小さな一品が「お通し」的に出されることが多い。

しかしこの店では、アミューズはまるで立食パーティのフィンガーフードのように、何品かの小さな料理が一枚の皿に盛り合わせになって出てくる。

一つ一つの料理は、とてもシンプルだ。だからこそ、素直に旨い。

ほんの小さなスモークサーモンの一切れも、塩味のクラッカーの上に載せたクリームチーズとキャビアも、親指の腹くらいのサイズに焼き上げた軽やかなミートパイも、エスカルゴ代わりのバイ貝も、小さな卵形の容器で蒸し上げた洋風茶碗蒸しも、スルリと腹に収まっていく。

今どきの、皿を絵のように飾り立て、奇抜な食材のマリアージュとやらを狙うフレンチに慣れた人たちには、この上なく退屈な料理だと感じるだろう。

だが、俺はこういうのがいい。

ソースや切り刻んだ野菜で絵を描いてもらう必要はないし、食えないものを無闇に皿に盛ってほしくもない。

ただいい素材をシンプルに、でも家庭では真似できない技術で料理して、気楽に食わせてほしい。いつだってそれを叶えてくれるのが、この店なのだ。

ほどなく、前菜が運ばれてきた。

これがデートなら、二人で違うものを頼んで途中で交換するだとかいうラブラブなことをするのだろうが、我々は二人ともフォアグラを選んだ。

サイズは決して大きくないが、表面をカリッと焼き上げたフォアグラが一切れ、薄味で柔らかく煮た大根の上に載っている。

上から掛け回されているのは、バルサミコ酢をベースにした黒っぽいソースだ。

添え物はパリッとしたグリーンサラダだけ。この潔さが、俺は好きだ。

潔いといえば、さっき俺が注文に迷わなかったのには、理由がある。

実はこの店、料理の選択肢がほとんど変わらないのだ。

季節に合わせてスープとデザートが少しばかり変化するだけで、オードブルとメインはほぼ不動のラインナップである。

それを退屈ととるか、安心ととるか。

俺は断然、後者だ。

気に入った料理が必ず店にあるというのは、俺にとっては幸せなことなのだ。

「これがフォアグラ様ですか、先輩！」

無造作にフォアグラにナイフを入れた俺とは対照的に、白石はまずは写真を何枚か撮り、犬のようにふんふんと匂いを嗅ぎ、それからようやく、フォアグラの端っこを少しだけ切り取った。

「大根と一緒に食うたほうが、さっぱりして旨いで」

そう言ったが、白石は真剣な面持ちできっぱりと言い返してきた。

「いいえ、まずは人生初フォアグラ様そのものの味を確かめないと」

「……さよか」

俺は構わず大根とフォアグラを一緒に口に入れた。

やっぱり、旨い。

俺は別にフォアグラの大ファンではないが、ここで適量食べるフォアグラは、本当に旨いと思う。

外カリッ、中とろっ、というのは、皆が好きな食感なのではないだろうか。しかも、焼いたフォアグラは、テリーヌやペーストと違って、粘り着くようなレバー感が薄くなっているのもいい。

また、大根が素晴らしい仕事をして、フォアグラの脂を胃の中にソフトランディングさせてくれるのがありがたい。

「うううううまい！」

白石は呻くように言った。

「旨いやろ」

「旨いです。僕、これまでフォアグラって、薄暗くてテーブルにキャンドルが灯されて、タキシードの人がお給仕するようなムーディな店でしか食べられないんだと思ってました。こんなに楽ちんな雰囲気で、可愛いお皿に載っかって出てくるなんてビックリですよ。しかも、ちゃんとリッチな味だな～」

パンが進んじゃいますよね、と付け加えて、白石は、さっき運ばれてきたばかりのバゲットの厚切りを取った。

軽く温めたバゲットには、今どきでは珍しい、丸く松かさ形に調えた冷たいバターを塗って食べる。

フォアグラ、パン、フォアグラ、パンと交互に味わっていると、次第に幸せしか感じられなくなってきた。

たちまち空っぽになった皿は下げられ、次に供されるのは、また二人して同じオニオングラタンスープだった。

定番の季節ものだが、寒い中を歩いてきたのだから、スープはこれに限る。

ぼってりしたクラシックな器に、炒めタマネギの旨味が生きたスープを気前よく注ぎ、そこにパンを一切れと下ろしたチーズをたっぷり載せて、オーブンで焼いたものだ。

熱々なのを吹き冷まして、なお用心しながら口に運ぶと、香ばしいとしょっぱいと甘いがいっぺんに口に広がる。

どれだけ冷ましても熱いのだが、完全に冷めるまで待ってなどいられない。

スープを目いっぱい吸ってトロリとしたパンにはカリカリになったチーズがくっついていて、それが最高に旨いのだ。

俺たちは早々に会話を諦め、熱いスープを黙々と平らげた。

マダムが「仲良しですねえ」と笑いながら、やはりお揃いのメインディッシュ、和牛ステーキを持ってきてくれる頃には、空腹も解消され、ゆっくり料理を楽しむ余裕も出てくる。

赤身のステーキは、外側はカリッとするまでしっかり焼きつけ、一方、内部はミディアムレアに仕上げてある。

単純な料理だけに、素材の良さと、調理技術が生きてくるというものだ。

「いい店ですね。ここ、もっと早く知ってれば、小説に出したかも」

白石は、嬉しそうな顔でそう言った。

俺は、付け合わせのポテトグラタンをフォークで掬いながら頷いた。

「ほんまにもっと早うに思い出しといたらよかったな」

ニンニクがふわりと香るポテトグラタンは、俺のお気に入りの付け合わせだ。ステーキの肉汁や、少し甘みのあるソースを絡めて食べると、最高に旨い。

「そう言うたら、このへんを舞台にしたっちゅう小説、もう出たんか?」

白石は、ちょっと不安げな顔で頷いた。

「実は昨日、出たばっかりなんです。今日、見てきたんですけど、駅前の書店には一冊だけ入ってました」

「一冊は少ないなあ」

「今は出版不況ですからね。僕みたいな売れない作家の本は、そうたくさん刷ってもらえないんですよ。だから書店さんにもたくさんは回らないんです」

「そやけど、書店に置いてもらわれへんかったら、お客さんの目にも触れへんのやから、売れるも売れへんもないやろ」

俺の指摘に、白石は困り顔になる。

「そのとおりです。でも、同じようにそんな状態からでも、売れる本はどうにかして売れて、重版がかかるんですよ。だから、初版の冊数が少ないことだけを、売れない理由にするのは違いますよね、たぶん」

「謙虚やなあ」

「謙虚っていうか、諦めっていうか。とにかく、せっかくこの辺りを舞台にしたんで、地元の人にもっと知ってもらう方法を考えたいな、とは思ってます。まだ何も思いつかないですけど」

「ふうん……。ほなまあ、一冊くらい寄越せや。職場で広めたるわ。草の根でも、何もないよりはええやろ」

俺がそう申し出ると、白石は目を輝かせた。

「ホントですか？　僕、凄く恥ずかしいから、身内に自分の本を読んでもらうのはこれまで嫌だったんですよ」

「おう。そう言うとったな。俺にもブログ以外見るなて……」

白石は、恥ずかしそうに頷く。

「勝手なこと言ってすいません。だけど今回の本は、先輩には読んでほしいなって思ってるんです」

「お、ホンマか？」

「はい。だって、先輩にはここに住ませてもらって、芦屋の色んな店に連れてってもらいましたから。スランプから立ち直って小説が書けたのは、主に先輩のおかげです。ってか、黙って後書きにメッセージを入れちゃいました」

「メッセージ？」

「つまり、先輩に向けて、感謝の言葉を入れちゃいました。勿論、本名じゃなくイニシャルです。直で言うのは恥ずかしいんで、文章で伝えたいなって。僕、どうも書き文字のほうが上手に喋れるみたいだし」

なんと。

白石はサラリと言ってのけたが、それはずいぶんとまた、特別なことなのではないだろうか。

「マジか。ヤバイな」

「やっぱり、イニシャルでも無断ではまずかったですかね？　ささやかに、サプライズにしたくて」

ちょっと不安げに顔を覗き込んでくる白石に、俺はきっぱりかぶりを振った。

「いや、まずいことは何もあれへん。看護師や入院患者に見せて、ここで礼を言われてるんは俺なんやでって自慢せんとあかんやないか、頑張らんとヤバイなと思っただけや。一冊と言わず、十冊は買うて配らんとあかん」

「あっ、割引がききますよ。ちょっとだけですけど」

「よっしゃ、ほな十冊注文してくれや。初の大口顧客になったる」

「あざます！　書いたものはどれだって売れてほしいけど、今回の奴は、特にそう思うんです。大スランプを抜けて、やっと書けたものだから」

真剣な面持ちになって、白石はそんなことを言う。

「せやな。そんなら、十冊は買うてあちこち広めたるから、一冊だけは、俺に贈呈せえ」

「ラジャー！」

調子よく敬礼して見せた白石は、しかし、俺が「そんで、その一冊にはサイン入れてくれ」と言うなり、顔を真っ赤にした。

「ええっ、サインですか⁉」

「そらそやろ。遠峯様て名前入りでサインを入れてくれんと」

「えええええ」

「何や、えらい渋るなあ」

「だ、だって、サインなんてしたことないですよ」

「ホンマか？　っちゅうことは……」

「先輩が初の大口顧客、ついでに初めて本にサインさせてくれた読者さんってことになりますね」

白石は赤い顔のまま、額の汗を拭うアクションをして、やけにはにかんだ笑顔で言った。

「すっごい。今日は、僕のキャラが初めてチョコを貰った記念日で、初サイン記念日にもなるんですね」

「めでたい尽くめやないか。ほな、改めて乾杯するか」

そう言って俺がグラスを持ち上げると、白石も照れまくりながら自分のグラスに手を伸ばす。

俺たちはもう一度、地味にグラスを合わせ、少しだけ残っていたワインを綺麗に飲み干したのだった。

三月

ピピッ、ピピッ、ピピッ……。

スマートフォンのアラーム音に、僕はパチリと目を開けた。

午後二時。やっぱり自然には目が覚めなかった。アラームをセットしておいた今朝の僕、グッジョブ。

明け方に原稿を最後まで書き上げて担当さんにメール添付で提出し、そのままバッタリとベッドに倒れ込んで爆睡していた。

ちゃんと布団を着る間もなく寝落ちしたせいで、身体がしんと冷えている。ここしばらく、春先のぽかぽか陽気が続いているとはいえ、ちょっと油断した。

ポーズもうつ伏せで、イグアナの寝姿みたいだ。

「うう……なんかまだ疲れてるなあ」

ベッドの上に身を起こし、胡座《あぐら》をかいて、僕は大あくびをした。

正直をいえば、もう三、四時間寝たい気はする。

でも、ここ五日ほど、修羅場宣言してすべての家事を放棄していたので、家の中ががやん

わりと荒廃してきている。

先輩も、洗濯してくれるとか、出来合いのお惣菜や弁当を買ってきてくれるとか、僕ができないときはさりげなくカバーしてくれるけれど、もともと散らかすことを何とも思わない人なので、掃除に関してはノーケアなのだ。

とりあえず、床に積もった五日分の埃を掃除して、あちこちに散らばったものを片付けなくては。

いや、その前に買い物だ。

夕方になるとスーパーマーケットが混み合うので、先に食材を買い込んで、ほぼ空っぽの冷蔵庫を満たしたほうがいい。

「ここんとこ超がつく運動不足だったから、身体を温めがてらいかりまで遠征するかな。いやでも、荷物が重くなりそうだから、生協にしとくか」

行き先を算段しながら、僕は外出支度をすべく、寝間着代わりのスエットを脱ぎ捨てた。

外に出ると、いつの間にか春が来ていた。

僕が家に閉じこもり、ひたすらパソコンの画面を眺めているうちに、世界は変わってしまったらしい。

どこまでも陽射しはうららかで、暑くもなく寒くもなく、鼻歌でも歌いたくなるくらい、気持ちのいい陽気だ。

おかしい。

いや、今が三月下旬であることを考えれば別に不思議はないけれど、それにしたって、季節はこんなにコロッと切り替わるものだっただろうか。

確か先週末に先輩と外食に出掛けたときは、肌寒くてスタジャンを着た記憶があるのに、今はコットンシャツ一枚でちょうどいい。

空は晴れ渡り、ふっくらしたシュークリームみたいな形の白い雲が、ゆっくりと流れていく。

近所は一戸建てが多いので、庭の木々がいっせいに芽吹き始めたのがわかる。桜なんかは、早くもちらほら咲き始めていた。なんてこった。

これはもう、ガチで春だ。

先日手に入れたばかりの、熊が朝ごはんにパンを食べるというなかなかシュールかつ可愛い絵柄のエコバッグを提げ、ただ歩いているだけで気持ちがいい。

(うわあ、こんな日に原稿が上がってよかったなあ。最高の散歩日和だ)

いつもはさっさと大通りに出てしまうのに、今日は何だかぐねぐねと細い道を歩きたい気分だ。

時折、幼子連れの親御さんに不審そうな眼差しを向けられつつも、それぞれの家の佇《たたず》まいを眺めて歩いていると、ジーンズの尻ポケットの中から、スマートフォンが着信を告げた。

今朝、原稿を提出した担当編集さんからだ。

僕は立ち止まり、道の端っこに寄って、通話ボタンを押した。

「もしもし？　お疲れ様です」

てっきり提出した原稿に問題があって、リテーク指示が出るんだろうと思って、僕はビクビクしながら小声で話しかけた。

でも、スマートフォンの向こうの担当さんは、何だか上機嫌だった。

いや、いつもそんなに怖い人ではないものの、明らかに声の調子が明るい。

『や、お疲れ様です！　今朝いただいた原稿、よかったですよ。そっちへ行かれて、白石さん、文章が優しくなりましたねえ』

「えっ、そ、そうですか？　自分じゃわかんないですけど」

『はい。読んでいて穏やか～な気持ちになれますよ。いい変化です。あと、これもいいお知らせなんですが……』

「はい？」

ひと呼吸置いて、担当さんが口にした言葉に、僕は一瞬にして頭が真っ白になった。

まさか、そんな。

僕の本に、重版がかかったなんて。

物凄く自分に都合のいい幻聴なんじゃないだろうか。あるいは、僕は起床しているつもりで、まだ夢の中にいるのではないだろうか。

しかも重版がかかったというのは、先月出たばかりの、芦屋から神戸を舞台にした恋愛小説なのだ。

ご当地ものは初めて、女性主人公も初めて、恋愛ものも初めてと、何もかも初めて尽くしで不安しかなかった本に、人生初の重版がかかるなんて。

絶句する僕を心配して、スピーカーから聞こえる担当さんの声が大きくなる。

『やりましたねー！　デビュー以来、白石さんを担当してきて、初重版、初ヒットですよ！　しかも、発売から一ヶ月ちょっとですからね。素晴らしい。僕も嬉しいです』

その後のやり取りで何を言ったかは、よく覚えていない。

ひたすら、ありがたいと、ありがとうございますを繰り返した気がする。

重版といっても、部数はそんなに多くないけれど、でも、刷り足すほど売れたことに変わりはない。

やった！　初めて、本当にプロの作家になれた気がした。

嬉しくて、両足が地面から浮いている気がする。心臓も、バクバク最高速度で脈打ちっ放しだ。

よく新聞広告で見る「重版出来」なんてフレーズは、僕とは違う天上世界に生きる大作家さんたちだけのものだと思っていた。

それが、少なくとも人生に一度は、僕にも使ってもらえる言葉になったのだ。

嬉しさが、打ち寄せる波のようにジワジワと増していく。

変な汗まで出て来た。

このまま歩き続けたら、生協にたどり着く前に死にそうな気がする。

（どっかで……落ちつこう）

そう思って視線を上げたら、向かいのマンションっぽい建物が目に入ってきた。

そういえば先輩が、「近所に有料老人ホームがあるねんで」と言っていたのは、これかもしれない。建物の名前が、いかにもそれっぽいからだ。

シックな建物の一階は、これまたナチュラル系お洒落な店舗になっていた。

邸宅の前庭を思わせる、可愛らしい植物やスッキリした木々に彩られた小さな空間の向こうに、濃い色の木製の扉がある。

大きなガラス戸越しに見えるのは、ズラリとケーキが並んだガラスケースだ。

やはり、先輩が言っていた有料老人ホームはここのことに違いない。そういえば「一階が旨いケーキ屋やねん」と言っていた。

そうだ！　芦屋バルのとき、チケットが尽きて、ここのケーキを買いそびれた。そのことを先輩がやけに悔しがっていたのを思い出す。

僕はまだ食べたことがないけれど、スイーツ大好きマンの先輩が言うんだから、きっと美味しいに違いない。

よく見ると、店の前にテーブルと椅子が並べてある。ガラス戸の向こう、つまり店内のガラスケースの前にもテーブル席がある。

イートインも可能なのか！

ここなら、美味しいケーキを食べながら、気持ちを落ちつかせることができるんじゃないだろうか。

まるでスイーツの引力に招かれるように、僕はフラフラと店へと足を向けた。

店名は、「芦屋洋菓子工房　シェフアサヤマ」というらしい。きっと、オーナーパティシエがあさやまさん、なのだろう。

ガラスケースの中の色々な種類のケースは、いつだって僕に宝石を連想させる。

同じ種類のケーキでも、フルーツのサイズや置き方が微妙に違っていて、それぞれ独特の表情がある。

ここのケーキは、なるほど先輩好みの「技巧を凝らしすぎない」タイプだ。

あくまでも基本に忠実で素直、それでいて個性を感じる。

「えっと……イートイン、大丈夫ですか？」

「大丈夫ですよ！　どれになさいますか？」

平日の昼下がり、明るく優しく聞いてくれる店員の女の子の前で、ケーキを選びあぐねて腕組みして唸る三十路過ぎのおっさんというのは何ともアレだが、初めての店なので、どれも美味しそうで選びきれない。

「あ、えと、お勧めは……」

「全部です！」

これ以上ないクリアな答えだ。でも、僕が困っているのはお見通しの店員さんは、ちょっと笑ってこう付け加えてくれた。

「皆さん喜んでくださるのは、この『メルモ』です」

指し示してくれるのを見ると、そこには……桃？

小振りな桃をそのままペーパーケースに入れたようなものが並んでいる。

「桃とマスカルポーネのムースを、ぎゅうひで包んであるんですよ」

なるほど。つまり大雑把な理解としては、あのなんとか大福の凍ってないバージョンだ。

「あと、ちょっと変わったところでは、こちらの『とろっとチーズｉｎ抹茶わさび』とか。これは通販ではお求めいただけない……」

「待ってください。チーズで、抹茶で、わさび!?」

店員の女の子はクスクスッと笑う。

「皆さん驚かれるんですけど、そうなんです。しかも、召し上がるときにちょっと温めると、この抹茶わさびクリームがとろっと溶けて、下のふわっふわの抹茶スフレに滲みて」

「抹茶わさびクリーム」

僕は思わず復唱してしまった。僕的「声に出して読みたい日本語」のトップ10に入る言葉になりそうだ。

「わさびはほんのり香るくらいです。美味しいですよ？」

店員さんは軽やかに推してくれたが、僕は食生活においてはかなりコンサバなのだ。冒険したい気持ちはあるけれど、まるまる一つ食べるリスクは取りたくない。

誰か……この場合は先輩しかいないけれど、誰かが食べているのを一口だけ貰いたい。そんな気持ちだ。

なおも迷いながらガラスケースを隅から隅まで眺めてみると、この店、細かいところで面白い。

下半分はプリン、上半分はチーズスフレ、てっぺんにフルーツと生クリームをデコレーションしたボリュームたっぷりの逸品は、まさかのパイレックスのガラス製の計量カップに詰まっている。

関東でも、「マーロウ」のプリンは計量メモリの入ったビーカーに入っているけれど、あれはオリジナルで、ブランドロゴのおじさんの顔が印刷されていたはずだ。

でもここのは、パイレックスと、会社名がでかでかと印刷されている。この大らかさ、嫌いじゃない。

何を見ても美味しそうなので、結局初心に帰り、最初に勧められた「メルモ」をコーヒーと共に注文し、僕はテラス席に座った。

どうせなら、到着したばかりの春の気配を満喫したい。

ほどなく、ケーキとコーヒーが運ばれてきた。

「お」

そんな期待はしていなかったのに、ケーキだけでなく、キーウィやバナナといったフルーツと共に、アイスクリームまで盛り合わせになっている。

コーヒーもオーガニックとメニューに表記されているし、このセットで、千円出せば小銭のおつりが返ってくるのだから、何ともありがたい店だ。

腰を下ろし、静けさの中で柔らかな風に吹かれていると、重版の二文字で躍り上がった僕の全身も、少しずつ平静に戻ってきた気がする。

そこでコーヒーにミルクだけ入れて一口。

うん、美味しいけれど、美味しすぎないコーヒーだ。コーヒーだけで満足するほど濃厚ではなく、でも適度に苦くて、甘いケーキがほしくなる。

準備が出来たところでさてケーキを……と手に取ったフォークを、僕はハッとして置いた。

「ダメダメ、先に写真を撮らないと」

さっき担当さんが、「せっかく重版がかかったんですから、この作品、シリーズにしましょうよ。三冊くらいいけますよ！　早急に、続編のプロットを考えてください」と言ってくれた。

つまり、更なるネタが必要になるというわけだ。

この店も、是非とも登場させたい。主人公の女の子が、ひとりで幸福な時間を過ごすのに打って付けの場所になりそうだから。

「写真、写真……と」

色とりどりのフルーツとバニラアイスを従えた、桃そっくりの「メルモ」をスマートフォンで撮影し、僕はふと思い立って、その画像を先輩にＬＩＮＥで送ってみた。

「原稿上がりました！　先月の本の重版決まりました！　セルフお祝い中です！」という浮かれたメッセージを添えて。

先輩が仕事中なのはわかっているけれど、外来で診察するのは昼過ぎまでで、あとは色々やっているから、いつも患者さんと一緒にいるわけではないと聞いた。

だったら、ちょっと喜びを伝えるくらい、いいかな……と思ったのだ。

メッセージを送信して、柔らかな求肥《ぎゅうひ》と、甘すぎない、ふんわり軽いムースを一緒に楽しんでいたら、二口目でメッセージが返ってきた。

しかも、「よかったな」に続き、「うらやめしい」と一言。

いかん。

いつも、作家である僕なんかよりよっぽどきっちりした日本語を使える先輩なのに、「羨ましい」と「恨めしい」がナチュラルに合体してしまっている。

しかも最後に来たスタンプは、口からエクトプラズムが出ているおっさんの顔だ。

スイーツ好きで、たぶんこの店のケーキの味も知っている先輩には、自慢が過ぎたみたいだ。

思えば、真剣に仕事をしている最中に、同居人がテラス席で優雅にケーキを楽しんでいる写真なんか見せられたら、僕だってきっとイラッと来る。

ちょっと調子に乗りすぎた。それでも「よかったな」を最初に言ってくれる先輩は、滅茶苦茶優しい。

僕はその優しさに、四月から一年近く、ずっと甘えてきたんだった。

「あー。いかーん」

自己嫌悪がこみ上げて、僕は自分の額をボコリと叩いた。

これは、ちゃんと埋め合わせをしなくては。

「美味しいケーキを買って帰って、仕事の邪魔してすいませんでしたって言わなきゃな」

親しき仲にも礼儀あり、という言葉をうっかり忘れていた。いくら嬉しくて舞い上がっていても、やってはいけないことはある。

（今、メッセージで謝っても、さらに仕事の邪魔をしちゃうだけだし。申し訳ないって気持ちは、行動で示そう）

そう思い立って、僕は自分のケーキを食べながら、先輩へのお土産をどれにするか、ガラスケース越しに目を凝らし始めた……。

「帰ったでー」

夜、キッチンに顔を出した先輩の顔は、特に怒っていなかった。というか、まったくもって、いつもどおりだ。

「あっ、お帰りなさい。あの、先輩」

僕は慌てて両手をエプロンで拭き、身体ごと先輩のほうを向いた。でも、僕が謝る前に、先輩はスタスタとコンロに歩み寄り、「ええ匂いやな！」と鍋の蓋を取った。

弱火でことこと煮ているのは、僕特製ビーフシチューだ。

脂身少なめの牛バラ肉を選んでコロコロに切って、ニンニクと一緒に表面をこんがり焼いてから、野菜と一緒に煮込む。さすがにデミグラスソースを自作するのは無理なので、ハインツのちょっと上等のほうの缶詰を買ってきた。

　二人分で黒毛和牛の肉を五百グラムも使っているので、僕にとってはトップクラスに贅沢な献立だ。

「デミグラスと水煮トマトで煮込んでるんで、美味しく出来てると思います。その、先輩」

「なんや？」

「昼間、すいませんでした。僕、嬉しくて調子に乗ってて」

　ペコリと頭を下げてから顔を見ると、先輩は涼しい顔全体で「キョトン」と言っていた。

「えっ、あれ？」

　怒らせたんじゃないかとビクビクしていたので、意外な反応だ。先輩は鍋から立ち上る湯気で部分的に曇った眼鏡をそのままに、いつもの口調で言った。

「嬉しいときは調子に乗ったらええやろ。原稿上がって重版やろ？　そら嬉しいやん」

「嬉しいですけど、先輩の仕事中にＬＩＮＥとか……」

「ケーキは羨ましかったけど、別にお前の時間をお前がどう使おうと、勝手やろ。ああけど、メルモは食いたかったなー。あれ、たまに死ぬ程食いたなるんや。人が食うてると、なおさらや」

「そう思って！　買ってきましたッ！　他の奴も！」

　僕は大急ぎで冷蔵庫を開け、中からケーキの詰まった紙箱を恭しく取りだして先輩に見せる。

するとと先輩は、あからさまに嬉しそうに笑み崩れ、自分も提げていた紙袋をちょいと上げてみせた。

「そらありがとうさん。ちゅうか、お前、昼間にケーキ食うとったから、祝いの品は和がええかと思て、鶴屋八幡《つるやはちまん》で和菓子買うてきた。お菓子だらけになってしもたな。俺はええけど」

「えっ？　あっ、わ、わざわざ？」

「そら、和菓子屋は歩いてけえへんからな。こっちから歩いて行かんと。はー、腹減った。風呂ちゃちゃっと入ってくるわ」

そう言うと、調理台の上に和菓子の入った紙袋を置き、先輩はスタスタとキッチンを出て行ってしまう。

なんだ、先輩、怒っていなかったんだ。いや、そのときはイラッと来たんだろうに、僕が喜んでいるんだからと思い直してくれたのかもしれない。

たぶん、そうだ。

しかも、お祝いに和菓子まで……。

「ビーフシチューだけじゃ、ごめんなさいとありがとうの気持ち、足りないなあ」

鍋を掻き混ぜながら、僕は再び思い悩み始めた。

そして、夕食後。

「はー、旨いビーフシチューやった！」

先輩はそう言って、食器を重ねて立ち上がった。僕も自分の食器を片付けながら、心配になって訊ねてみる。

「あっさりしすぎてませんでした？　とろみは、肉を炒めるときの小麦粉と、ジャガイモの煮崩れだけが頼りだったんで、シャバシャバし過ぎてたかなって」

「いや。家で食うんはあれくらいがええ。店で食うんはリッチ過ぎて、あとで胃もたれすんねん。店のビーフシチューて、脂がこう、ぶわーって浮いてるやろ」

「僕、あれが苦手なんで、浮いてきた脂はけっこう根こそぎ取っちゃいました」

「せやから、腹に優しいんやな。あと、蕪《かぶ》が入ってるんもよかった。洋風に煮た蕪も、旨いもんやな。ごちそうさん」

二人して食器をキッチンに運び、シンクの洗い桶《おけ》に浸けてから、僕は先輩に言ってみた。

「あの、桜が」

「おう？」

「咲き始めてたんですよ、昼間。きっと、芦屋川沿いも、ちらほら咲き始めてると思うんですけど」

「そうやろな。電車の窓からも、ちらほら見えるわ。夙川《しゅくがわ》沿いもけっこう咲きよるで」

「ですよね。なので……ちょっと、デザートは外で食べませんか?」

「外?」

「はい、これ」

僕は、キッチンの調理台の上に置いてあった、大きめの籐編みのバスケットを指さした。

「ここに来たばっかしの頃、断捨離中に見つけて、捨てるべきだと思ったんですけど、なんか捨てられなかったんですよね、これ」

細長く、あまり高さはないけれど、蓋がパカッと中央から観音開きになるデザインの籠は、昔ながらのピクニックバスケットの趣だ。

先輩が入浴している間に、僕はそこに、夜桜ピクニック用の荷物を詰めた。熱いミルクティーと熱いほうじ茶を小さめの魔法瓶一本ずつ、あとは紙コップと紙皿、和菓子の入った紙箱。これで出掛けるときにケーキの箱を入れれば、準備完了というわけだ。

「夜桜を眺めながら芦屋川沿いを歩いて、河川敷のどっかいい場所で、ケーキと和菓子ってのはどうですか?」

先輩はビックリした顔のまま、「雅やな〜」と予想の斜め上の反応をくれた。

「散歩するには、お疲れすぎですかね?」

「いや、ええん違うか。夜桜も、満開になるとけっこう人通りが多うなるからな。チラホラ咲きで見るほうが、のんびりできてええかもしれん」

「じゃあ……」

「さすがにこの格好やとまずいな。着替えてくるわ」

「あっ、僕も」

食器を洗うのは帰ってからにして、僕たちは急いで支度して、家を出た。

勿論、バスケットを提げるのは僕だ。

自宅から芦屋川までは、十分かかるかかからないかくらいだ。

芦屋市を東西に分ける形で、北から南に向かって流れる川は、今は水の少ない大人しい川だけれど、昔は何度も氾濫して大変だったらしい。

そのせいか、立派な河川敷が整備されていて、散歩にジョギングにと市民に愛されている。

少し前まではバーベキューもやり放題だったそうだけれど、そうすると羽目を外す人がどうしても出てくるので、今は市の条例で禁止されていると先輩から聞いた。

芦屋警察の近くで河川敷に降りて、北に向かって歩き出す。

南へ向かうとビックリするほどあっさり海に到達するけれど、そちら方向には桜があまりないのだ。北に向かってゆるゆると上り坂を歩くと、川の両側に桜の木が並んでいる。

四月になればさくら祭りが開催されるので、大々的に河川敷の桜もライトアップされるのだろう。でも今だって、街灯の光で十分、というか、そのくらいのほんのりした光で照らされた桜のほうが、僕は好きだ。

「なんで桜の木って、川に向かって枝を伸ばすんですかね。こう、斜め下に」

「さあ。けど、道路に向かって伸ばしたら、トラックにバキッと折られるだけやろ。川のほうで正解なん違うか」

「そりゃそうですけど」

頭上の桜の枝を見上げて歩きながら、そんな先輩いわくの「しょーもない」会話をする。

桜はまだ三分、多く見積もっても四分咲きくらいで、人通りはそんなに多くない。

でも、犬の散歩をさせながら、嬉しそうに桜を見上げている人は何人か見かけた。

阪急芦屋川駅まで行ってしまうと、河川敷の雑草がちょっとワイルドになるそうで、僕たちはその手前で河川敷の段差を椅子代わりに座り、バスケットを開けた。

まずは、先輩が買ってきてくれた和菓子の箱を開ける。

「わー！　夜桜散歩にピッタリじゃないですか」

箱の中に整然と並んでいるのは、桜餅だった。

勿論、関西風の道明寺のほうだ。

つぶつぶがハッキリしたピンク色の生地をぽってりと丸くまとめ、塩漬けの桜の葉でくるんと包んである。

「せやろ。俺、エスパーやからな」

たまにそういう「しょーもない」冗談を言う先輩は、僕が紙コップに注いだ熱いほうじ茶を嬉しそうに飲んで、桜餅の葉を几帳面に剝いだ。

「葉っぱ、食べない派ですか？」

「うん。剝がされへんかったら食うけど、剝がせるもんなら剝がすなあ」

「味が嫌？」

「いや、味はどうでもええ。食感がな。餅と葉っぱで全然違うやろ。それが一緒くたに歯に当たるんが嫌やねん」

「繊細ちゃんか！」

「デリケートて言え、アホ」

僕は葉っぱごと、桜餅をがぶりと半分齧った。

もっちりした生地の薄甘い風味に、桜の葉の香りと塩気が交じる。その後に姿を現すのは、滑らかなこしあんだ。

東京でクレープタイプの桜餅を何度か食べて、それはそれで美味しかったけれど、僕はやっぱり、子供の頃から食べ続けた関西風の桜餅のほうが好きだ。

「美味しいですねえ」

「そやなあ」

話が途切れると、しょっちゅう通る自動車の音と、歩道を歩く人たちの話し声、それに虫の声が意外と大きいのに気付く。

でも、嫌な感じではない。何だか、今さらだけれど、この町にはたくさんの人が住んでいて、それぞれの暮らしがあるんだなあ、と実感する。

川向こうのマンションの部屋にぽっちり灯りが点くと、お仕事お疲れ様でした、と見知らぬ誰かを労いたくなる。

春の夜は、何となく人を優しい気持ちにするのかもしれない。

「ケーキも食べちゃいます?」

「もーちょいインターバル置こうや」

「ですよね。口の中が、まだ甘いです」

紙コップにお茶を注ぎ足して、僕らは桜餅の余韻を楽しみながら、ほうじ茶を飲んだ。もう少し濃い目に入れればよかったかもしれない。

「先輩、僕、こっち来てよかったです」

こんなときでもないと素直に言えそうにないので、僕は先輩と横並びに座り、敢えて桜を見上げたままで言った。

たぶん先輩も、僕のほうを見ずに、「そうか」と相づちを打ってくれる。

「先輩んちに置いてもらってまた仕事ができるメンタルになったし、あのダイニングテーブルで書いた初めての小説が、生まれて初めて重版かかったし。なんか、僕ばっかいいことがあって、すいません。でも、嬉しいです」

「いや、俺もそれなりに助かってんで。お前が来て家ん中が片付いたし、何より、飯が旨い」

「そう言ってもらうとありがたいです……。でも、先輩に迷惑かけたり、無理させたりしてないですか？　僕、これまで怖くて、それ訊けなかったんですけど」

「怖い？」

僕は、勇気を出して先輩の顔を見る。先輩も、特に表情のない顔で、僕を見返してきた。

「出て行けって言われたら泣きそうで、なんか訊けなかったんですけど……でも、もうすぐ一年になるんで、やっぱ、訊いとこっかなって」

さりげなさを装ってはみたものの、きっと僕の顔つきで、勇気を振り絞っていることはわかってしまうだろう。

先輩は、ちょっとしょっぱい顔になって、僕をしげしげと見た。

「そうやなあ……」

あ、何だかこれは、出て行ってほしいニュアンスだろうか。

不安がむくむくとこみ上げて来る。

遠慮のない視線を受け止めきれず、目を泳がせた僕の視界の隅っこで、先輩の表情が突然変わった。

猫そっくりの、悪い笑顔だ。

あれっと思って先輩の顔に視線を戻すと同時に、声が聞こえた。

「そんでお前、いつまでおるんや？」

ここで敢えての、いつもの質問だ。

それが「特に困ってへんで」の意味だとすぐわかるのは、僕たちが、まだ大人にならないうちに知り合ったからだろうか。

それとも、大人になってから一緒に過ごした、この一年のおかげなんだろうか。

とにかく、僕はまだ当分、この町に、先輩の家にいていいらしい。

物凄く安心したけれど、喜びをストレートに表現すると、先輩がせっかくキープしてくれた穏やかな春の夜をぶち壊してしまいそうで、ちょっと躊躇う。

ひゃっほうと叫んでジャンプするのは、帰ってからにしよう。

だから僕は、少し考えてから、精いっぱいの感謝の気持ちを込めてこう返した。

「来年の夜桜散歩には、僕が桜餅を買ってきますね」

福
福

遠峯パイセンの
スイーツコレクション
作中に登場した
おかしのみなさんです。
<鶴屋八幡>
桜餅
POIRE
<ポアール>
ツルーーン
モンブラン
<風月堂>
神戸スイートポテト
<不二家>
超王道!!
HEART
Chocolate
ハート
チョコレート
メルモ
<シェフ・アサヤマ>
クリームパン
<バックハウス
イリエ>
back haus
IRIE
IRIE

ザ・ショートケーキ
Henri Charpentier
<アンリ・シャルパンティエ>
テリーヌ・ドゥ・フリュイ
宝石のよう
<赤城乳業>
ガリガリ君
ソーダ
おいしい上に
お財布にやさしい♡
栗きんとん
ーすやー
チカイと
共に…
<デメル>
DEMEL
ソリッド
チョコ
ミント
パンがないんやったら
お菓子を食うたらええやんか
甘党男子
わ…あ…

男ふたりで12ヶ月ごはん

本書をお買いあげいただき、ありがとうございます。
この作品を読んでのご意見・ご感想をお待ちしております。

■ファンレターの宛先■

〒102-0072　東京都千代田区飯田橋3-3-1
プランタン出版　編集部気付
椹野道流先生係 / ひたき先生係

各作品のご感想をWEBサイトにて募集しております。
プランタン出版WEBサイト http://www.printemps.jp

著者――椹野道流（ふしの みちる）
挿絵――ひたき
発行――プランタン出版
発売――フランス書院
〒102-0072　東京都千代田区飯田橋3-3-1
電話（営業）03-5226-5744
　　（編集）03-5226-5742
印刷――誠宏印刷
製本――若林製本工場

ISBN978-4-8296-8208-1 C0093

Platinum Label プラチナ文庫 Platinum Label

この飯テロはあくま級！

◆◆◆◆◆◆◆◆◆◆◆◆◆◆◆◆◆◆

純喫茶あくま
天使と恋とオムライス

椹野道流
イラスト／六路 黒

◆◆◆◆◆◆◆◆◆◆◆◆◆◆◆◆◆◆

悪魔を自称する吾聞と“契約”し恋人になった澄哉は、彼が切り盛りする喫茶店で働いている。そこへ彼の双子だという男が現れて⁉

素敵すぎるプロポーズに
「お返し」をしなくては、ですね。

◆◆◆◆◆◆◆◆◆◆◆◆◆◆◆◆◆◆

お医者さんのお引っ越し

椹野道流
イラスト／黒沢要

◆◆◆◆◆◆◆◆◆◆◆◆◆◆◆◆◆◆

医師の甫が生花店の店主・九条と穏やかに暮らす九条邸。かねてからの懸案だった、リフォームをついに実行することになるが……。

P2616+2590

●好評発売中！●